flowers

小允的
love forever

徐磊瑄 /著

记忆票根

长春出版社
全国百佳图书出版单位

图书在版编目(CIP)数据

小允的记忆票根 / 徐磊瑄著.—长春:长春出版社,2014.5

(中学生心灵成长故事)

ISBN 978-7-5445-3258-7

Ⅰ.①小… Ⅱ.①徐… Ⅲ.①中篇小说—中国—当代 Ⅳ.①I247.5

中国版本图书馆 CIP 数据核字(2014)第 028245 号

小允的记忆票根

著　者:徐磊瑄
责任编辑:程秀梅
封面设计:小　乔

出版发行:**长春出版社**　　　　　总编室电话:0431-88563443
　　　发行部电话:0431-88561180　　读者服务部电话:0431-88561177
地　址:吉林省长春市建设街 1377 号
邮　编:130061
网　址:www.cccbs.net
制　版:长春市大航图文制作有限公司
印　刷:吉林省吉育印业有限公司
经　销:新华书店

开　本:787 毫米×1092 毫米　1/16
字　数:78 千字
印　张:8.75
版　次:2014 年 5 月第 1 版
印　次:2014 年 5 月第 1 次印刷
定　价:17.50 元

自　序

与人相处，不妨多些"易地而度"，少些"先入为主"。

这是一个很青春的故事，叙述的是主人公——丁曼允在初中升高中那年，由于生母病逝，她不得已回到生父身边的故事。曼允的母亲是第三者，父亲从小就不在她身边，她只能和母亲相依为命。母亲心脏病骤逝后，她来到父亲的家庭，与父亲的原配宛真阿姨在彼此互不熟悉，甚至是互相怨恨的情形下一起生活，从而产生许多误解与冲突。

因为宛真，曼允自小就无法与父亲生活在一起，和母亲紧紧相依的她，因而养成独立又早熟的性格与生活习惯。至于曼允的存在，则不时提醒宛真丈夫有外遇的事实，在这种情形下，她自然对曼允不会有太好的印象，甚至憎恨她。

故事中，曼允与宛真因为不曾真正一起生活，所以两人毫无交集，更没有机会相处、了解彼此，于是在先入为主的印象下讨厌彼此，产生极多误解，甚至引起不必要的争执与严重的冲突。直到后来出现扭转情势的契机，她俩才有机会相互了解，这才开始发现对方其实并没有想象中的那么差、那么不好，等到她们逐渐发现对方的优点，才慢慢懂得要站在对方的立场与角度，来思考或看待事情。

在曼允与宛真的冲突中，曼允的同学童家伟、堂姐嘉谛、亨华叔叔及昭贤婶婶均扮演着重要的"调和"角色。他们通过文字和其他方式，站在客观的立场劝导并循循善诱，不断为化解两人的冲突而努力；也由于他们有着中立的视野与温柔的同情心，曼允和宛真最后才能拉近距离，开始真正了解和体谅彼此。

透过这个故事，我想传达出：在尚未充分认识或了解一个人之前，应避免以先入为主或以偏概全的印象对待他人，不然很可能错过一段很好的人际关系、一个不错的朋友或知己。此外，若要扮演化解冲突的角色，我们要有同情心与客观的态度，否则非但不能解决问题，反而会弄巧成拙。

希望这个故事能带给你一些思考与想法，如果读完后，你觉得有一些收获，便不枉我写这个故事了。在故事开始之前，祝福每位读者都能拥有幸福快乐的生活，以及圆满美好的人际关系。

目 录

第 1 章　相依为命的母女

一间约二十平方米大小的公寓内，虽然布置得一点也不奢华讲究，但生活中常用的家具与家电样样不缺，而且整间房子色调柔和，整理得也十分干净，格调更是温馨——这就是贺祈芳和丁曼允母女俩可爱的家。

这天傍晚六点多，祈芳正在厨房里忙着准备晚饭。做完功课的曼允一从房里走出来，就闻到一股诱人的饭菜香，她忍不住走进厨房，从母亲的身后抱住她。

"妈，你在煮什么啊？好香哦。"她贴在母亲的背后撒娇。

"都是你爱吃的，炒青椒、西红柿炒蛋、花椰菜、虾仁炒白菜，还有肉啊！"

曼允闭起眼睛，深深吸入空气中的香气，接着很满足、很幸福地笑了："太棒了，今天我一定可以多吃一碗饭！"

祈芳捏着她的脸取笑道："如果不怕变成小胖妹的话，那你就多吃点。你呀，要是能把饭菜吃光，代表妈妈的厨艺更好了。"

"妈妈的厨艺本来就没话说啊。"

"好了，准备开饭，先去洗个手，再拿两副碗筷，菜快要好了。"

"嗯。"

曼允听话地洗完手，并拿了两副碗筷，静静地坐在餐桌前等着母亲。不久，祈芳收拾好厨房里的锅具，解下围裙就到饭厅坐了下来。

曼允贴心地为辛苦的母亲盛好一碗饭，双手端着递到她面前："妈，辛苦了，吃饭吧。"

"好，我们一起吃。"

于是母女俩就在黄澄澄的灯光下，吃着只有两个人却温馨的晚餐。吃饭的时候，祈芳不忘夹菜给曼允，边夹边对她说："小允，你就快初中毕业了，有没有什么想要的礼物？妈妈送给你。"

曼允停下吃饭的动作，转转眼珠子，噘起嘴侧头想了一会儿，然后大叫一声："有，我有一个很想要的礼物！"

"是什么？"女儿夸张的神情和说话的语调，让祈芳十分好奇。

"那就是……"曼允故意先神秘兮兮地吊足母亲的胃口，之后才笑着回答："妈妈能来参加我的毕业典礼。"

"啊，你要的礼物就是这个？"

"嗯，这是最棒的礼物，没有比这个更好的了。"

"那你不要新衣服、新鞋子吗？还是什么包包或首饰？"

曼允摇头。"不要，那些都比不上妈妈能来参加我的毕业典礼。"她放下碗筷，挨到母亲身边，"妈，我跟你说啊，老师说我拿到奖学金，如果你来参加我的毕业典礼，就可以看到我上台领奖！你说这样是不是很棒啊？"

祈芳欣慰地摸摸女儿的头："嗯，曼允最棒了，你是妈妈的宝贝，最棒的女儿！"

曼允回到座位，坐直身子盯着母亲："你还没答应要来参加我的毕业典礼呢。"

"毕业典礼是哪一天？"

"六月十五日。"

"六月十五日啊？"祈芳想了一下，"那天妈妈要上班。不然这样好了，妈妈想办法跟同事调班，等调好班确定可以放假再跟你说，这样好不好？"

曼允点头："妈一定要跟同事调班啊。"

"好，妈妈尽量排除万难，去参加你的毕业典礼！"话才刚说完，祈芳突然感到胸口一阵紧缩，同时觉得呼吸有点困难，她难受得捧着胸口，往后靠在椅背上。

曼允见状有些愕然："妈，你怎么了？"

因为难受得说不出话来，所以祈芳只能摇头。

"妈，你的脸色很不好，要不要我陪你去医院？"

祈芳挥挥手，示意不用，但曼允却很担心："不行，我不放心，我打电话给李阿姨，请她开车送我们去医院。"说着她就要去打电话。

祈芳拉住女儿的手，非常勉强、虚弱地说："妈休息一下就好，大概太、太累了。"

"不行，你的脸色这么差，一定要去医院！"

chapter

"我休息一下就好，又不是什么大病，不用那么麻烦。"

"是这样吗？真的不用去医院吗？"曼允仍有些犹豫。

"不用，没关系的。"祈芳虚弱地点头。

"那？你先回房间休息，等一下我再帮妈把晚饭端进房里，好吗？"

"好。妈又让你担心了。"祈芳说话的声音很小。

"别这么说啦，你是我妈，我关心你、照顾你是应该的啊。"

于是，祈芳在曼允的劝说下先回到房里休息，曼允则独自一人吃着晚餐。吃完饭后，她将剩下的饭菜预留一份在餐桌上，其余的收进冰箱，接着再将碗筷洗好，最后才端着预留的晚饭进房让母亲用餐。

休息了一夜，祈芳的精神好多了，胸口不再窒闷不舒服。她没忘记要去参加女儿毕业典礼的事情，打算等会儿到饭店之后，再和同事商量调班的事情。祈芳是五星级饭店客房部的服务员，也就是负责打扫、整理客房的工作人员，除此之外，她还固定在休假时到朋友的餐厅打工，而她之所以身兼两份工作，为的就是多赚点钱，让曼允能接受良好的教育，过着比较好的生活。

来到饭店，祈芳向同事说明原因后，顺利地调好班；当她回家将这个好消息告诉曼允时，曼允高兴得快要跳起来。

毕业典礼当天，祈芳陪曼允来到学校。看见校门口有许多卖花的小贩，她也买了一束系有小熊的粉色玫瑰送给女儿。

"亲爱的丁曼允同学，这束玫瑰花送给你，祝你毕业快乐，不久之后能考上理想的高中。"

曼允开心地接过母亲送的花。"妈，谢谢你！"她看着鲜花里那只戴着学士帽的小熊，露出满心欢喜的笑容，"我要把妈送我的这束花做成干燥花，永远保存下来。"

祈芳笑着点头，和女儿手勾手走进学校。一路上，母女俩边聊天边拍照，直到校方广播要参与毕业典礼的同学及家长到礼堂集合，她们才跟着人潮缓缓往大礼堂的方向走去。

在毕业典礼上，祈芳见女儿神气地走上台，从校长手中领过奖学金，心里真的好开心。犹记得女儿才刚出生，还是个在襁褓中嗷嗷待哺的小女婴，没想到一晃眼已长得亭亭玉立，而且还以好成绩毕了业，十六年的岁月就像一场电影一样，在她脑海里一闪而过。

祈芳感谢老天让她成为一个母亲，因为参与女儿的成长过程，她才能享受做母亲的喜悦，虽然十六年来她熬得很辛苦，也吃了不少苦，但看见女儿既乖巧懂事又成绩优异，她就算再辛苦、再劳累，一切都是值得的。

把思绪拉回来，祈芳拿起相机，将镜头拉近对好焦距，拍下女儿荣耀领奖的那一刻。这是她头一次参与女儿的光荣时刻，未来的日子里，她还想参与女儿每一个美丽或哀愁的阶段，并在人生最重要的过程——恋爱与婚礼——中陪伴着她。祈芳在心中如此肯定地告诉自

相依为命的母女 | chapter

-5-

己，也认定自己绝不会在女儿重要的人生阶段中缺席。

典礼结束，曼允和同学们拍照话别，在互留联络的E-mail 及 MSN 后，众人各自依依不舍地踏出校园，准备迎接生命的另一个里程。

祈芳为了鼓励曼允，同时希望让平时忙于功课、精神紧绷的女儿放松心情，趁着典礼结束后的空当，带着曼允一起看了场电影，还逛了几家商场，并买了几本曼允很久之前就想买的书，以及一些文具用品送给她。

回家后，曼允将两人一起看电影的票根留下来，还高兴地将母亲送的书与文具用品当宝一样放在书桌上一看再看，爱不释手。等她终于走出房间，正好看见祈芳准备进厨房做晚饭。

她拉住祈芳的手，贴心地说："妈，今天你就休息一天，让我来做饭吧。"

"啊，你要做饭？"

"是啊！"她拉着祈芳到客厅沙发上坐下："为了感谢妈妈今天参加我的毕业典礼，还陪我去逛街、看电影，所以我要好好做一顿丰盛的晚餐请妈妈吃。"

祈芳摸摸女儿的头："你可以吗？"

曼允笑了笑："妈，你忘了，我的师傅是你呢。有厉害的师傅，当然会教出杰出的徒儿啊，我的手艺，妈妈大可放心啦。"

"既然你都这么说了，那妈妈今天就休息一天，等着吃你做的晚餐了。"

相依为命的母女 一

chapter

"没问题。"曼允拿起遥控器打开电视，"妈妈就当一天皇太后，让我来侍候你吧。"

曼允走进厨房，从冰箱里拿出所有可以料理的食材，接着熟练地挑、洗、切、烫、煮，一个个步骤循序渐进地做晚饭。曼允并不是第一次进厨房，祈芳在她很小的时候就开始教她简单的食材料理，所以"烹饪"这件事对曼允而言并不陌生，不论是食材的搭配、料理的方式、烹调的时间与味道的掌控，她都做得很好，连摆盘也相当讲究，动作更是迅速且利落。

由于熟练，曼允做菜的过程并不像一般女孩初接触烹饪时那样手忙脚乱，或者出现掉锅子、落锅铲、摔破碗盘等"惊天动地"的可怕状况，反而只隐约听见切菜、洗菜、锅铲翻搅锅中食物，还有抽油烟机排油烟的声音；她就像个小小音乐家，将厨房里的一切掌控得宜，所发出的声音都似有韵律一般，听起来十分和谐，一点也不吵人。

不到一个小时的时间，食物的香气就从厨房飘入客厅。这股香味飘入祈芳的鼻中，让她感到既欣喜又骄傲，因为女儿不但贴心孝顺，而且厨艺在她特意调教之下日益进步，这种"吾家有女初长成"的喜悦，她可是点滴在心头。

完成所有菜色的烹煮之后，曼允解下围裙，收拾好锅具、调味料以及剩下的食材，接着拿了两副碗筷进饭厅。

“妈，可以吃饭了。”放好碗筷后，她来到母亲面前，拉起她的手。

祈芳跟着女儿来到饭桌前，看着一桌子好菜，她心里高兴极了：“嗯，色香味俱全，看起来好像很好吃的样子！”

“不只看起来好吃，而且是真的很好吃！”曼允替母亲拉开椅子，让她坐下，“皇太后请坐，现在请好好品尝我的手艺吧。”

“嗯。”祈芳迫不及待地夹了一口青菜放进嘴里咀嚼，充分享受食物的香味与口感，接着满意地点头。“咸淡适中，火候控制得刚刚好，吃起来很爽脆。好吃，真好吃！”

受到母亲的肯定，曼允心里十分高兴，又连忙替她盛了半碗浓汤，好似要母亲打分数似的：“尝尝我煮的浓汤，喝喝看味道怎么样？”

祈芳先将鼻子凑近闻了闻，细细感受浓汤扑鼻而来，令人食欲大开的香气，接着啜了一小口，让汤里的食材与味道在味蕾上滑动，然后眼睛亮了起来：“哇！很好喝啊！”

“真的吗？”曼允再次确认。

“当然是真的，小允好手艺，妈妈给一百分！”

曼允腼腆一笑：“妈妈喜欢，那我就放心啦。”

“对了，”祈芳突然想到一件事，“我工作的饭店会发餐饮券犒赏员工，下个月开始就可以凭券到饭店的餐

相依为命的母女 1

chapter

饮部吃大餐，我们找个时间一起去吧。"

"嗯，好啊。"

"饭店餐饮部里，那些做菜的师傅都是大师级的，他们做的东西可好吃了。妈妈一直都没有机会请你去高级餐厅或饭店吃大餐，趁这次机会，一定要让你尝尝什么才是好料理。"

曼允却摇头："那些菜虽然都是大师傅做的，味道一定很好，可是我最喜欢的还是妈妈做的东西，因为里面有妈妈的爱心和味道,这是其他人做的菜都比不上的。"

"你呀，小嘴巴这么甜！呃？"祈芳忽然不适地抱胸并缩起身子，一脸很难受的样子。

曼允见状吓了一大跳，赶忙来到母亲身边："妈，你怎么了？是不是呼吸困难、胸口不舒服？"

祈芳点头。

曼允见母亲很难受的模样，心里非常担心。"不行，你已经不是第一次这样了，一定要去看医生。"她扶母亲躺在沙发上，准备打电话给母亲的同事李娴雅。

祈芳拉住女儿的手，拦住她："别麻烦李阿姨，妈妈没事。"

"都这么难受了，还说没事？"

"最近饭店和餐厅都比较忙，我想可能是工作太累了，所以……"

"如果是这样，那餐厅打工的工作就暂时别去了。"

"那怎么行？突然说不去就不去,餐厅会忙不过来的。"

"可是妈妈的身体——"

"别担心，"她勉强坐起来，"你看，妈妈现在不是好多了吗？"

"我还是不放心。"曼允想了想，做出决定。"不然这样好了，餐厅的工作由我暂时先替妈妈做，这样好不好？"

"怎么可以，你还要参加基础测验呢。"

"没关系啦，反正我假日也常去打工，大不了先顶替妈妈在餐厅的工作，把我假日班的工作辞掉就行啦。"

"不行，这样你就没有时间念书了。"

"可是我真的不放心你嘛？"

"好了，别说了。"祈芳拉过女儿，拍拍她的背脊安抚她。"你现在该做的就是专心读书。妈妈会注意自己的身体，如果再有不舒服，我一定会去看医生，嗯？"

曼允劝不动母亲，黯然低头。"好吧。"但她突然抬起头来，"不过妈妈不能骗我啊，只要身体再有不舒服，一定要告诉我，让我陪你去看医生。"

"好，妈妈不会骗你，有哪里不舒服，一定第一个让你知道。"

曼允点头，但还是一脸不安、担忧的神情。

相依为命的母女 1

chapter

第2章 突如其来的一场病

铃——铃——铃——，铃——铃——铃——

刺耳的闹钟声划破宁静的早晨，窗外的鸟儿也叽叽喳喳地叫着，提醒酣睡的人们旭日已渐东升。

睡梦中的曼允迷迷糊糊地摸到正在铃铃作响的钟，按掉它之后，又翻身抱着布偶娃娃沉沉睡着，只不过没一会儿，房外就传来母亲的叫唤声。

"小允，起床啦，你不是要去图书馆看书吗？"

她揉揉惺忪睡眼，睁开眼睛，看见窗帘已透进一丝金色的光线来。曼允坐起身子，伸了伸懒腰，又打了个呵欠才下床，接着换好衣服走出房间，准备进浴室洗漱。

祈芳见女儿出了房门，便指着餐桌上的东西对曼允说："桌上有妈煎的培根蛋饼和豆浆，你刷牙洗好脸后，吃了再去图书馆，知道吗？"

"妈，你要去上班啦？"

"嗯，我们晚上见啦。"祈芳对女儿笑了笑，穿好鞋子打算出门，但当她走到大门时却突然感到胸口一阵窒闷，仿佛吸不到空气，就快要窒息一样！这样痛苦的感觉并没有持续太久，她脸色一白、双腿一软就失去意识，晕了过去。

听见"咚"一声的曼允有些愕然地循声回头，却见母亲倒地！她惊慌失措地扑到祈芳身边。

"妈，妈，你怎么了？"见祈芳动也不动地毫无反应，曼允大惊失色，疯了似的飙泪大叫："妈，妈——"

她赶紧起身，收拾慌乱惊恐的情绪，想到应该赶紧打电话给母亲的同事才对。她急忙找出电话簿，目光急切搜寻，好不容易才看见要找的那串数字，她双手颤抖地拨出李娴雅家的电话号码。

"喂，不好意思，我找李阿姨？是李阿姨吗？我是小允，我妈她昏倒了！"

在紧急送医后，祈芳暂时保住了性命。由于祈芳只有女儿，没有其他家人，所以医生转而向李娴雅和饭店客房部的经理高士尧谈论她的病情。

"医生，请问这是什么毛病？"娴雅不解，"她怎么会一直觉得呼吸困难，而且胸口绞痛，甚至还昏了过去？难道？是心脏病？"

医生点头："没错，贺女士有心脏病，我们给她做了心电图、超音波与心导管检查，证实是扩张型心肌症。"

"什么是'扩张型心肌症'？"娴雅问。

"这是一种常见的心肌症，也就是病人的心腔扩大并被拉长，导致心脏乏力，没办法将血液输至全身的一种心脏病，多数病患会发展成心脏衰竭，也可能会伴随心律不齐。另一方面，因为血液流经扩大的心脏致使血流变慢，所以很有可能形成血凝块，也就是心壁血栓，

突如其来的一场病

2

chapter

因此我担心血凝块会造成贺女士肺部栓塞、颅内栓塞、肾脏栓塞，甚至是冠状动脉栓塞等后遗症，这些都会危及病人的生命。"

娴雅一听，先是惊愕地张大嘴巴，稍后才回过神来喃喃自语："天啊，这么严重！"

一旁的士尧倒比娴雅冷静许多，他问道："这种病要如何治疗？"

"我会暂时为贺女士注射 ACEI 与强心剂，视状况使用抗凝血剂预防血栓。"

"什么是'ACEI'？"

"就是血管转化抑制剂，"医师耐着性子对士尧解说，"是治疗心室功能不良的主要药物，目的是延长病患的寿命。"

"延长寿命？"娴雅吓了一跳，"意思是，祈芳随时有可能会？"

医师遗憾地点点头，"想做最根本的治疗，除非心脏移植。"

"心脏移植？"士尧倒抽一口气。祈芳是他底下工作认真又努力的员工，两人虽是上司和下属的关系，但相处得十分融洽，祈芳待他如亲弟弟一般好，一听见她病得这么严重，他心里不免也难过、感伤起来。

这时，病房房门却吱呀一声被骤然打开，曼允崩溃、哽咽地哭喊着："我到哪里去找一个心脏移植给妈妈？我到哪里去找？"

三个大人见她泪流满面，哭得像泪人儿，全都愣住了。娴雅为顾及曼允的心情，便向士尧使了个眼色，暂时中断所有有关祈芳病情的谈话。

　　她转身对医生说："不好意思，一切就麻烦医院安排，如果有适合的捐赠者，那祈芳就有救了，是吧？"

　　医生明白她的用意，跟着点头，然后肃然地走出病房。

　　娴雅拉过曼允，拍拍她的肩膀安慰她。"小允别急，医院方面一定会想办法的,刚才医生不是也点头了吗？"

　　曼允抬起泪痕未干的脸，抽抽噎噎地问："医院真的可以替妈妈找到一个合适的心脏吗？"

　　"嗯。"娴雅勉强挤出一丝笑容，"现在是 21 世纪，医学很发达，你要相信医生，好不好？"

　　"好，我相信医生。"

　　"除此之外，你还要好好用功念书，七月还有一次基础测验，你不是说一定要考得比上次还好吗？如果你能考上一所好高中，你妈妈一高兴，说不定病就好了一大半呢。"

　　士尧也跟着说道："是啊，心情好坏对病人的病情有很大的影响，你要乖乖的，不要让你妈妈担心，知道吗？"

　　"好，我会乖乖的，也会用功考上好学校。"

　　"那这段时间，就由阿姨和其他同事轮流来照顾你妈妈，你好好念书就好。"

突如其来的一场病

2

chapter

"我也可以来医院一起照顾妈妈啊，我把书带到病房来念就可以了，李阿姨，你说好不好？"

"好好好，阿姨知道你担心妈妈，如果你真的想来医院陪妈妈的话，那就来吧。"

祈芳素着一张脸，孱弱地躺在病床上。她看着一旁的女儿看书看到睡着了，心疼得想拉件外套为她披上。

虽然她的动作很轻，却有点力不从心，不小心发出的声音吵醒了曼允，自从母亲住院后，她变得极其敏感。

"妈，你要做什么？"

"看你睡着，怕你着凉，所以想帮你披件外套。"

曼允摇头笑了："不用啦，我身体好得很，一点也不觉得冷呢。"

祈芳不依："还是披上吧，医院病菌多，空调又这么冷，一不小心就会生病的。"

为了不让母亲担心，曼允听话地乖乖披上外套。

祈芳摸摸女儿的脸，惊觉她瘦了一圈。"又要准备功课，又得到医院陪妈妈，你一定没吃好也没睡好。看你，都瘦了这么多，妈妈心里好难过。"

"妈，别难过嘛，只要你的病赶快好起来，我们回家后，你再多煮些好吃的，好好替我补回来就好啦！"

"嗯。"祈芳虚弱地回应，吃力地呼吸着。

"医生叔叔已经在替妈妈找合适的心脏捐赠者，妈妈一定要加油啊！"

祈芳点头，内心却对自己的病情隐隐感到不乐观。

等待一个适合的心脏并接受移植，这是一个多么奢求又遥远的愿望啊！凡人要和上天抢时间，通常都是输的比较多。虽然她这么想，却从不曾对女儿说出口，因为她不想让曼允担心，想给她一个希望，让她可以安心，并且能够好好念书。

自从母亲住院后，曼允念起书比以前更专心，甚至到深夜还抱书苦读，目的就是希望自己能金榜题名，让母亲高兴，她甚至还天真地以为，只要母亲心情大好，说不定不用动心脏移植的手术就能康复。

在曼允准备考试的这段时间，祈芳的病情反反复复，始终没有多大进展，娴雅、士尧和祈芳其他的同事怕曼允伤心难过，一直避免正面与她讨论祈芳可能会有的状况，大家总在盼望一个奇迹，不想如此残忍地去伤害一个未经世事的小女孩的心。

终于到了第二次基础测验的日子，曼允独自进考场应考。考完后，她并没有如释重负地和同学们相约出去玩或者去旅行，反而找了份快餐店深夜打工，拼命赚钱，白天则乖乖地待在医院里陪伴母亲。

发榜的这天，她上网查到自己考上前三志愿的高中，高兴得不得了！曼允立刻飞奔到医院，想将这个好消息告诉妈妈，让她第一个分享女儿金榜题名的喜悦。到了医院，她踩着快乐轻盈的步伐走在长廊上，快到母亲的病房前时，却听见里头隐隐传来一阵揪心的啜泣声。

曼允直觉不对劲，心一紧，她蹑手蹑脚地走近房门，不料竟从门缝里看见护士正为母亲除去身上的管线与氧气罩，接着覆上白布，李阿姨和其他同事则围绕在病床旁，不停地掉眼泪。

这画面对她而言，无疑是个强烈的震撼与冲击！曼允浑身发抖，冲进病房里大喊："妈，妈，妈——"

她扑到母亲的病床旁，揭开覆在她身上的白布，拥着母亲的遗体痛哭。她没有办法接受母亲已逝的事实，记得昨天，她才和母亲说话、拥抱过，当时的拥抱还暖乎乎地留在自己胸口，怎么可能这会儿她就死了呢？不可能，绝不可能！

她抚摸母亲的脸庞，那脸颊还是热的，皮肤也还是柔软的啊！

娴雅再也看不下去了，走过去拉住曼允："小允，不要这样，让你妈好好地走，你这样，教你妈怎么走得安心呢？"

她甩开娴雅的手："李阿姨，你骗我！你说医院会替妈妈安排一个适合的心脏捐赠者，为什么没有？为什么妈妈会死？"

娴雅不知道该如何向曼允说明这种难以掌控的状况，也不知该怎么安慰她，只能默默承受她投射而来的含怨目光。毕竟，生离死别对一个才十六岁的小女孩来说，实在是太过残忍，也太沉重了。

曼允跪在祈芳的病床前，声嘶力竭地凄厉哭喊着："妈，你的心脏坏了不能用，我把我的心脏给你，你活

突如其来的一场病

2

chapter

过来，赶快活过来，我的心脏给你，给你，妈——"

祈芳过世后，深受打击的曼允不吃不喝、不说话也不睡觉，无论娴雅或其他人怎么劝都没有用。由于娴雅对祈芳过去的事情相当清楚，知道曼允有个"已有家室"的爸爸，在这种迫不得已的情况下，她只好打电话给曼允的生父丁宇华，这么做，不仅是希望他能劝动曼允吃饭、睡觉，当然也考虑到曼允日后的生活依托。

于是娴雅来到曼允家，找出抽屉里的电话簿，然后拿起话筒拨出一组号码。

没一会儿就有了回应，一个男声从听筒里传过来。"喂？"

"不好意思，请问是丁宇华先生吗？"

"我就是，请问你是？"

"丁先生，你好，我是贺祈芳的同事，我叫李娴雅。"

"李女士你好，不知道你突然打电话来，是不是有什么事情？"

"是这样子的……"娴雅深吸了口气，缓缓说道："前不久，祈芳心脏病发住院，医生检查后说，要彻底治疗她的心脏病，唯一的办法就是接受心脏移植手术。我和其他同事轮流到医院照顾她，小允也几乎天天在病房里陪伴她，大家不放弃希望，为的就是等待一个奇迹。不过很不幸的是，祈芳等不到合适的心脏捐赠者，她已经——"

听见娴雅支吾，丁父心头一震，有种不祥的感觉："已经怎么了？"

"她，她已经，已经走了！"

丁父一听简直无法置信，再次确认："你的意思是，祈芳已经死了？"

"是的。我打这通电话最主要的目的，一来是祈芳的事情必须让你知道；二来是小允这阵子的情绪可能要麻烦你多多注意，而她往后的生活也必须请你多加照顾，毕竟她妈妈已经走了，你是她唯一的亲人。"说着说着，娴雅忍不住哽咽地哭起来。

丁父听到祈芳过世的噩耗后相当痛苦，几天来他一直回想着过去，这才惊觉自己错失和祈芳与曼允的相处机会，这一错过，想再弥补已不可能，因为老天爷没给他机会，直接无情地带走祈芳。

他甚至有种罪恶感，认为祈芳年纪轻轻就过世是他一手造成的！可是自责无用，目前最重要的是赶快稳定曼允的情绪，并且在日后尽其所能地照顾她。

星期六一早，他联络好娴雅后，直接来到祈芳生前与曼允所住的那栋小公寓。他停好车，直接上了五楼，屋里的娴雅一听见门铃声就赶紧上前开门。

"丁先生，进来吧。"

"谢谢。"进屋后，他左右张望，"小允呢？"

"她在房里，你进去跟她聊聊吧。"

丁父走到曼允房门口，敲了几下门，却毫无响应。

娴雅见状，叹了口气："自从祈芳死后，小允一直这样，对任何人、任何事都没有什么反应。这样吧，丁先生，你就直接进去好了。"

丁父点头，打开房门直接走进去。

见到曼允蜷缩着身子窝在床上动也不动，他心里有种说不出的酸楚与心疼。他走近，伸手摸摸女儿的头："小允，我是爸爸，我来看你了。"

曼允对丁父的呼唤有了反应，她转头看着他，泪水汩汩地流下来。

丁父见女儿流泪，知道伤痛已在她心里扎根，他不舍地跟着掉眼泪："对不起，小允。"

曼允任泪水滑过脸庞，颤抖地对父亲说："不要对不起，只要你把妈妈还给我。"

丁父无奈，只能痛苦摇头。

"妈妈走了，再也没有人可以教我做菜，没有人会为我做爱心便当，没有人可以分享我的喜悦，我有任何不开心也没人可以安慰我。"

丁父为女儿拭泪，同时也拭去自己的泪："小允，从今天开始，让爸爸代替妈妈疼你、照顾你，好不好？以后你有任何事情都可以跟爸爸分享，你有什么不开心，爸爸也会安慰你，好吗？"

曼允抬起汪汪泪眼："我知道爸爸很爱我、很疼我，可是爸爸永远只是爸爸，你有你自己的家，你不可能像妈妈那样全心地爱我，不可能，永远也不可能。"她伏在床上痛哭，双肩因哭泣而不停颤动着。

丁父将手放在女儿的肩上："我知道自己做得还不够，但我愿意尽最大努力来照顾你。小允，妈妈已经走了，你年纪还小，需要有亲人照顾。跟爸爸回去，爸爸一定会好好保护你，照顾你往后的生活。"

曼允不说话，只是拼命摇头。然而，失去母亲的她，还有其他选择吗？

突如其来的一场病

2

chapter

第 3 章　妈妈的葬礼

举行葬礼那天，祈芳的遗体先在殡仪馆入殓。娴雅、士尧还有祈芳其他的朋友、同事们，陪同曼允和丁父参与入殓式，在场所有人都哭红双眼，啜泣声回荡在斜风细雨里，曼允和丁父更是肝肠寸断，悲凄不已。

遗体火化后，丁父木然地抱着骨灰坛，曼允哀戚地捧着遗照，一行人驱车来到墓园，进入即将举行追思礼拜的礼堂内。

下午一点，收到讣闻的朋友陆续来到追思会现场，有人奉上奠仪聊表心意，有人不停地安慰曼允，哽咽声不曾间断。

会场里布满白色的百合与野姜花，并从天花板悬挂垂下如瀑布般半透明的白色纱幔，而礼堂最前方有张摆满鲜花的讲桌，桌旁有架黑色三角钢琴，一旁还放着一张放大的祈芳遗照。

下午两点，参与祈芳告别式的人大抵到齐坐定，接着便由司琴弹奏哀伤的乐曲，正式进入追思礼拜的程序。

曼允翻开手中安息告别礼拜的程序单，眼泪就像下不停的小雨一样滴落到单子上。她缓缓将单子翻到背面，看见上面印着一段《圣经》，那段话的出处是帖撒罗尼迦前书，第四章 13 至 18 小节。

同一时间，钢琴乐声戛然停止，牧师开始了追思礼拜的证道……

墓园一隅，牧师念着《圣经》上的经文，待仪式完毕，所有人都跟着唱起哀荣的诗歌。丧礼结束后，人群一一散去，只有曼允身穿一袭黑色洋装，消瘦的身子站在墓前不停地掉泪。

"小允，爸爸知道你很难过，但妈妈已经过世，就算你再怎么舍不得，妈妈还是回不来。你要坚强点，让妈妈在天上能够放心，好吗？"丁父安慰着女儿。

曼允并不说话，只是张着一双泪汪汪的大眼睛，盯着墓碑上母亲的名字，眼泪扑簌簌不断地掉下来。长这么大，她从没想过有一天竟然会和母亲分离，也没想过什么是无常人生，什么是生死永别。她从小就和母亲相依为命，以为可以到老都在一起，永不分开。只是现实无比残忍，永远与所想的不一样。

"我们走吧，小允。如果想妈妈的话，改天爸爸再带你过来，好不好？"

但曼允还是动也不动。

丁父强拉着曼允："走吧，我们改天再来。"

然而，曼允却大声哭喊出来："妈，妈——"

丁父见女儿如此伤心，心里也十分不忍："小允，不要哭了！你这样哭，妈妈会不放心的。"

曼允扑到母亲坟前，凄厉哭喊着："妈，我很乖，

妈妈的葬礼

3
chapter

-25-

听你的话考上很好的高中，你说要带我去吃大餐，为什么你要骗我，为什么？你怎么可以这么不守信用——"

"妈妈没有不守信用，她只是太累，到天上去休息了。虽然她没有陪你一起庆祝，但一定也为你考上好高中而感到骄傲，她会在天上守护你，天天看着你的，小允。"丁父靠过来，拿出手帕为女儿擦眼泪。

曼允想起母亲生前最怕自己一个人在家，现在却得孤零零地长眠于此，这让她更加不舍，因而哭到泣不成声，再也说不出话。

丁父揽着痛哭失声的女儿，一步步缓缓地走出墓园。

傍晚，丁母苏宛真煮好了晚餐，将饭菜端上桌后，她吆喝着儿子和女儿下楼吃饭。

"英铠、英嫚，吃饭了，快点下来。"

"哦，马上下去。"孩子们的声音从二楼传下来。

丁母备好碗筷、汤匙，拿来纸巾，没一会儿，英铠和英嫚就从楼上连跑带跳地下楼来。

"嗯，好香哟，妈今天煮了什么？"英铠问。

"红烧豆腐、炒芦笋、一锅卤猪肉、一些青菜，还有鱼。好了，坐下来吃吧。"

"我来盛饭。"英嫚说着就拿起白瓷碗，到电饭锅处盛了三碗米饭，端回桌上。

母子三人坐下来享受丰盛的晚餐。他们才开动没多久，丁父就带着曼允回来了，曼允的手上还拎着一大袋行李。

丁父牵着曼允走进饭厅："宛真，我们回来了。"

丁母"哦"一声，看了曼允一眼，却不说话。

"爸，吃饭了。"英嫚面无表情地说。

英铠则根本看也不看，低头净顾着扒饭。

"小允，你先去洗把脸、换件衣服再下来吃饭。你的房间已经准备好了，就在二楼走廊最后面，右手边那一间，很好找。"

曼允点头，径自拎着行李走上二楼。

见曼允上楼，方才一句话也不说的英铠嫌恶地说道："真是的，干吗第一天来就臭着一张脸？要是不想来，干脆别来。"

"就是说啊，来了也不会叫人。"英嫚也不高兴地说。

"你们也算是小允的哥哥、姐姐，一定要这样和她计较吗？她妈妈刚过世，今天才办完丧礼回来，刚才在坟前她还哭得悲痛欲绝，现在怎么可能笑得出来？"丁父心疼、不舍地替曼允说话。

·听到爸爸这么说，英铠、英嫚低着头，不发一语。

"是，丧母之痛是很痛，可是我们也没欠她什么呀，就算没心情说话，总该点个头什么的吧，不是吗？"丁母忍不住也埋怨起来。

"唉，宛真，怎么连你也这样？孩子不懂事，难道你也跟着不懂事？"

"是啊是啊，我是不懂事，我不说了，行吧？反正丁曼允是你的宝贝女儿，我们说什么都不行，她要

妈妈的葬礼

3

chapter

是不来这里住，我也不会去说她。"

"你也知道她妈妈刚过世，她不来这里住，能去哪里？"

"哼，来这里住不但要养她，还要负担她的学费呢。别忘了，她暑假过后就要升高一，以后要是考上大学，那才是重担的开始。"

"我还负担得起。我能给英铠、英嫚念大学，也一样可以给小允念。"

"是啊，你很行，很有能力嘛！既然这样，你当年干脆在外面多生几个，带回来气死我好了。"丁母一双眼睛瞪得大大的，神情气愤地反讽。

丁父看了英铠、英嫚一眼，皱着眉头对妻子说："在孩子面前，替我留点面子行吗？"

丁母气得放下碗筷，二话不说起身走到客厅沙发上坐下，拿着遥控器乱按，借此发泄愤怒的情绪。

曼允站在二楼楼梯口，听见了他们的对话。她开始自怜、伤心起来，要不是母亲走得这么突然，她也不用寄人篱下，来到这个不属于她的家，必须面对那个一直嫌恶、不喜欢她的女人，还有对她一点儿手足之情也没有的兄弟姐妹。

夜里，孤单的曼允思念着过世的母亲，忍不住在房里啜泣起来。

"妈妈，我要睡了，可是，你再也不能为我关灯。"她边哭边喃喃自语。

丁父进房安慰她，但愈安慰反而愈使她悲从中来，这状况使得宛真、英铠与英嫚十分反感。

夹在曼允与妻子、儿女当中，丁父为难得不知该说什么才好，毕竟，是他先对不起自己的家庭，如今这种磨心的痛苦也是他该承受的，他不敢也不能有任何怨言。目前他唯一能做的，就是尽量想办法让他们的关系慢慢改善，就算不能相处融洽，至少也要维持表面和谐，不要每每一见面就恶言相向。

暑假过去，开学了。曼允开始了高一的新生活，英铠与英嫚因为在外地念大学，也在开学前一天各自返回学校去。

这天的体育课，男同学正在篮球场上打篮球，虽然有部分女同学加入他们的行列，不过有些女生却趁老师离开球场后，浑水摸鱼地坐在场边闲聊。曼允一个人走到树下坐着，面无表情地抬头看着天际，就在她失神时，一颗篮球突然砰砰砰地跳过来，她吓得回神，看见追在篮球后面的，是满头大汗、健硕高大的男同学童家伟。

"对不起，我的球。"家伟对她说。

她别过脸去，并没有理会他。

"对了，你要不要跟同学一起打篮球？动一动，流流汗很舒服的。"

她像座冰山一样动也不动，连眼睫毛也不眨一下。一阵风吹过来，拂动她的长发，他看着发丝底下那白里透红的嫩颊、水汪汪的大眼睛，心想这张清丽灵秀的脸庞应该配上微笑的圆弧才好看，但此刻他看到的，却是一张嘴角略略往下掉的脸。

这个画面，不禁让童家伟想起刚开学时，曼允那冷漠、简短又没有生气的自我介绍，就和现在她表情木然，毫不理人的样子差不多。一张本该青春飞扬的脸庞却没有任何笑容，也不多话，到底她有什么心事，还是有什么让人无法想象的不幸发生在她身上？他真的很想知道。

傍晚曼允回来时，丁父还没下班，丁母则在厨房里做晚饭。曼允走过客厅与厨房，却连一声招呼也没打就上楼回到自己的房间。她心想，自己本来就不受丁家欢迎，既然如此，那就尽量让自己像缕轻烟一样，愈没有存在感，就愈能让这屋檐底下的每个人都感到自在、高兴，反正这里也不是她的家，她心中的那个家，早已随着母亲的过世而消逝不在。

晚上九点多，丁父下班回来，进到客厅只看见丁母一个人坐在沙发上看电视。

"小允呢？"丁父问。

"不知道。"一听见丈夫问起小允，丁母就意兴阑珊地根本不想回答。

"怎么会不知道，就你和她在家而已，你们没有一起吃饭吗？"

"没有，我煮好就自己先吃，我想她要是饿了，会自己下来吃。"

"你怎么可以这样？小允毕竟才刚来，而且小女孩脸皮薄，你不叫她，她怎么好意思下来吃饭呢？"

丁母这一听可生气了："一回来就小允、小允地问个不停，你有没有问问老婆今天辛不辛苦、累不累？"

丁父原本还想再说些什么，但他已经够累了，也不想再多惹事端，于是按下情绪说："好了，是我不好，对不起，你别生气。我上去看看小允。"

她听见丈夫的道歉，才缓下脾气："你吃晚饭了没？我帮你热菜。"

"不用，已经在外面吃过了。"

"那一起上楼，我帮你放洗澡水。"说完，夫妇俩便一起上楼去。

二楼房内，曼允坐在书桌前，在灯下看着母亲遗留下来的记忆盒子，里面全是从桃园到台北的来回车票票根、母亲买的小发饰，还有自己与母亲合影留念的照片。

曼允边看着照片，边反复听着手机里母亲生前最后的留言，忍不住又哭泣起来，脑海里浮现的尽是母亲生前和蔼可亲，以及与她相处的点点滴滴。她愈想愈伤心，悲伤得不能自已，最后压抑不住地放声痛哭。

丁父丁母刚上楼，就在房外听见曼允的痛哭声。丁母一听，火气又上来了。

"真是的，每天一回到家，就只会把自己关在房里哭，她再这么哭下去，我们家都要让她给哭衰了。"

丁父急忙拉丁母的手，阻止道："你小声点，会被小允听见的。”

“听见又怎么样，难道我说得不对吗？好好一个家，每天有人这样哭，就算不被哭衰，也会被她哭到精神崩溃！”

“唉，你也知道她刚到一个新环境不习惯，而且她妈妈才刚过世。”

“失去母亲，会难过很正常，但需要哭得这么大声吗？尤其现在又是晚上。”

“嘘！你小声点。”

“我为什么要小声点？她可以哭这么大声，我为什么不能也大声说她几句？”

“你——”丁父气得不知道该说什么才好。

“我受不了了，你最好赶快想办法把她送走，我不想再继续跟她生活下去了！”

“宛真，你这不是强人所难吗？小允是我女儿，她妈又刚走，你要我把她送到哪去？”

“送哪去我不管，反正你想办法赶快送走她！”摞下这句决绝的话之后，丁母掉头回房，还重重甩上房门表示不耐烦。

丁父走向曼允的房间，敲了几下门，却不见曼允回应。他打开房门，见女儿趴在床铺上，肩膀因哭泣而不住颤动起伏。

“小允，吃饭没？来，我们到楼下去吃点东西，好不好？”

曼允只顾着哭，根本不理丁父。

"小允，小允？"

曼允抬起泪流满面的一张脸，自怨自艾地对父亲说："我知道你们都讨厌我！妈不在、外公外婆也不在，我没有亲人了，反正到哪里对我都没差，你把我送走好了，我不想待在这里了！"

听女儿这么说，丁父的心痛到不行。原本父亲的角色应该是保护家人、捍卫儿女的，但此时此刻，他却没办法让曼允感到安心与安全，他惭愧得一句话也说不出来，只能无力地看着女儿伤心的背影，黯然叹息。

第4章　车祸受伤的小允

　　五点左右，学校放学了，但曼允出了学校却没有马上回家。那个家对她而言，根本就不是家，充其量只是个能遮风避雨、晚上可以睡觉的地方，要是隔天没有作业或小考，她宁可多在外面逗留也不愿下了课就马上回去。

　　等曼允从书店走出来时，已是晚上八点。马路上人车依旧不少，她独自走在热闹的街头，想找个自助餐店或小面馆吃点东西，谁知，她刚在心里盘算着晚餐要怎么打发时，突然一辆摩托车朝她撞了上来，还把她撞倒在地！

　　更过分的是，撞倒人的骑士连看也不看她一眼，就一溜烟骑着车子扬长离去，扔下跌坐在马路上还受了伤的曼允。

　　曼允疼痛地喊了一声，接着查看发疼的膝盖与手肘，只见鲜血已染红受伤之处。她费力地撑起身子想站起来，然而伤口的疼痛却让她完全动弹不得。

　　"啊，好痛！"她坐在地上呻吟着，却一点办法也没有，再者，虽然偶尔有路人经过，也只是冷冷望她一眼，没有人愿意拉她一把或是将她送到医院去。

　　她就这么无力地坐在地上大约十分钟，直到有只手拍了她的肩膀一下。

"丁曼允，是你！"拍她的人是同班同学童家伟。

曼允只看了他一眼，并没有说什么。

"你怎么了？"他看了她一下，发现她的伤口。"你受伤了，被车撞到的吗？你等等，我打电话叫救护车！"

"喂？"她向来和同学没有任何交往，也不打算欠他人情，正当她想阻止家伟时，他却已经打开手机开始拨号。

不到十分钟的时间，救护车就来了，医护人员将受伤的曼允送往附近的医院，家伟自然也一同跟去。

急诊室外，家伟替曼允拿书包，曼允则被医护人员推进急诊室处理伤口。为了避免她家人担心，家伟只好自作主张地翻动曼允的书包，找出她的手机，拨通了电话到丁家。

电话响了好几声后，才被接起。

"你好，请问是丁曼允的家吗？"家伟有礼地询问。

"是啊，你是谁呀？"接电话的丁母，一听到"丁曼允"三个字，露出十分冷漠的态度。

"是这样的，我是曼允的同班同学童家伟，刚刚曼允出车祸，我路过的时候正好看到，所以打了120叫救护车送她到医院。她现在正在急诊室处理伤口，我想先打电话通知一下，免得你们担心她。"

"她出车祸，很严重吗？"

"医生做了一些 X 线的初步检查，应该没有伤到骨

头，可是外伤还蛮严重的。"

"没有生命危险就好，麻烦你打电话通知她爸爸吧。"

"喂，请等一下！请问你不是曼允的妈妈吗？你不来看她啊？"

"我没空。"丁母喀喳一声就将电话给挂了。

听见听筒里传来电话已挂断的嘟嘟声，家伟一头雾水，心想哪有母亲这么不关心自己的女儿，难道她们母女间的感情很不好吗？

他叹了口气，再度查阅手机通讯簿，接着又拨了通电话给曼允的爸爸。

"小允，是你呀！"丁父见来电显示是曼允的手机号码，以为是曼允打来的。

"丁伯伯你好，我是丁曼允的同班同学童家伟。"

"哦，你是小允的同学啊。小允呢，怎么不是她跟我通电话？"

"曼允她出车祸了，现在在医院急诊室。"

"出车祸？怎么会这样？"丁父心急如焚，"小允伤势怎么样，伤到哪，要不要紧？"

"没什么内伤，但外伤很严重，医生正在做处理。"

"这样啊？那小允的同学，可不可以麻烦你先帮我照顾一下小允，我现在正在和厂商吃饭谈事情，一时也走不开，等等我再想办法过去医院。你可不可以告诉我，小允现在在哪家医院？"

"哦，曼允在正安医院急诊室，六号病床。"

"我知道了。不好意思麻烦你,请你先帮我安抚一下小允的情绪,好吗?"

"好,没问题。丁伯伯你先忙吧,曼允交给我就可以了。"

"谢谢你,真的很谢谢你。"

"丁伯伯别这么说。"

通完电话,家伟背着曼允的书包走进急诊室。这时曼允已经打完针,伤口也处理、包扎好了,正躺在病床上休息。

家伟蹑手蹑脚地走近,动作轻到不能再轻。曼允感到有人靠近,于是张开了眼睛。

"对不起,我吵到你了吗?"

曼允摇了摇头。

"对了!"他将她的书包放在椅子上,"我刚才有打电话到你家,可是你妈妈好像一点都不担心你啊!好奇怪。"

"你打电话去我家?"曼允猛然坐起,声音还高了八度,显然很吃惊。

曼允的反应让家伟吓了一跳,连动作都停下来:"对啊,我刚才打电话到你家,是你妈接的。有什么问题吗?"

"你为什么没经过我同意,就擅自打电话去我家?"

"我,我是怕那么晚了你还没回家,又出了车祸,怕你家人会担心?"

"不会,他们不会担心我,永远也不会担心我!"

她的吼叫声引来急诊室其他病人的侧目。

"曼允，你怎么了？"他有点不知所措地看着她。

"你要打电话之前，为什么不先问我，为什么？"

"只是打电话跟你家人报平安，为什么还要先问你呢？"他说话的声音愈来愈小，生怕随便一句话就会更加刺激她。

"你不该打那通电话，那个女人不是我妈，她根本就不是我妈！"她低吼。

"啊，不是你妈？"听到曼允的话，家伟当场愣住。

曼允因家伟打电话回丁家而情绪备受刺激，家伟面对这样的状况也不知该如何是好，只能静静地陪在她身旁。大约过了一小时后，一对男女匆忙走入急诊室，一床一床地看，仿佛在找什么人。

最后，女子来到曼允的病床前，微笑着问她："你是小允吗？"

曼允抬起头，眼前的女子让她感到无比陌生。家伟从椅子上站起来，代曼允答道："是，她是丁曼允。请问你是？"

"你好，我是丁曼允的堂姐，丁嘉谛。"

"噢，是堂姐，你好，你好。"打过招呼后，家伟将视线移至嘉谛身旁的男子身上。

嘉谛笑道："他是我男朋友。"

"你们好，"泽斌看向曼允和家伟，"我是嘉谛的男朋友，罗泽斌。"

"小允，"嘉谛走向她，"刚才我接到你爸的电话，说你车祸受伤，人在急诊室。由于他一时走不开，所以要我先来照顾你，等事情处理好，他马上就会赶过来。没想到我们第一次见面，居然是在医院里呢。"

　　家伟一听完她的话，才知道这对堂姐妹原来是初次相见，那么之前呢？为什么之前从没有见过面？

　　曼允听嘉谛这么说，转头冷着脸看向家伟："是你打电话给我爸的？"

　　家伟回过神来："哦？连你爸也不能通知吗？对不起，我，我不知道。"

　　曼允没再和家伟多说什么，回头径自对嘉谛说："不需要，我不用别人照顾，你叫我爸等一下也不用过来，他去忙他的事，我死不了。"

　　听见曼允这么说，家伟不禁瞠目结舌，到底是怎样的父女和母女关系，竟然让双方像仇人一样冷漠疏离？

　　"小允，你怎么这么说？你爸很关心你，你知道的。"

　　"我不需要他的关心，他只要关心他们丁家人就可以了。"

　　"难道你就不姓丁吗？"

　　曼允一时无话反驳，低下头来不再说话。

　　"对不起，我不是在责怪你哦，小允。"接着，嘉谛转过头对家伟说："嗨，小允的同学，你叫什么名字？"

　　"我叫童家伟。"

　　"家伟，现在已经很晚了，小允我来照顾就好，你

车祸受伤的小允

先回家去，明天还要上课呢。"

"这样啊，那曼允就麻烦你了。"

"别这么说，我是小允的堂姐，应该的。"

"那我就先回家了。"

"我送你出去。"嘉谛转向泽斌，"你先帮我看一下小允。"

"好，你们去吧。"

于是嘉谛送家伟出急诊室。走到医院大门口时，嘉谛对家伟说："麻烦你明天帮曼允向老师请个病假，等她伤好了，她爸爸会带她去学校补办请假手续。"

"好，没问题。"家伟顿了一下，欲言又止。

"怎么了，你是不是想说什么？"

"哦，我是觉得，曼允和她爸妈的关系好像很不好，而且，怎么会跟堂姐是第一次见面呢？她跟家里的人关系都很差吗？"

嘉谛笑了笑："不是这样的，小允其实是个身世可怜的女孩，她的亲生母亲已经过世，现在的妈妈并不是她的亲生母亲。这是她家里的事，我也不方便说太多，总之，希望你多帮助小允，多关心她、开导她，对于她任何不合常理或怪异的行为也请多包容、多担待些。如果有一天她愿意敞开心房，她会和你说明一切的。"

"原来是这样，我知道了，请你放心。"

"小允很需要朋友，请你一定要帮她。时间不早了，你快回去吧。"

"好，那我先走了，明天再来看曼允。"家伟向嘉谛道声再见，接着就匆匆离开医院。

送走家伟，嘉谛回到急诊室和泽斌一起照顾曼允，直到丁父处理完跟厂商之间的事情，仓促地赶到医院。

"嘉谛，谢谢你今天晚上来帮忙，打扰你和泽斌约会真不好意思。"

"没关系啦，"嘉谛对泽斌笑了一下，又看向丁父。"我们约会大多是去看电影、吃东西，偶尔换个方式也蛮好的，而且我是帮大伯父照顾小允啊，大伯父不用放在心上啦。"

"谢谢你！这么晚了，你们快回去吧，明天你还要上课呢。"嘉谛念研究生，丁父怕耽搁到她隔天一早的课，连忙催她先回家去。"泽斌，就麻烦你帮我送嘉谛回家了。"

"好，没问题。"

"那大伯父，我们先走了。"

丁父点头，目送他们离去，接着走近曼允的病床，带着忧心又慈祥的目光看着她："小允，伤口还痛不痛？肚子饿不饿，想不想吃点什么？"

但曼允不说话，只摇头。

"那水呢，要不要喝水？"

她还是摇头。

"那你休息好了，爸在旁边陪你。"

"不用陪我了，你先回去吧。你明天不是还要上班？"

"没关系，你受伤了，我不陪你，谁陪你？"

"那？那'她'呢？"

丁父看了曼允一眼才意会过来："你说宛真啊，我打电话和她说过了，我说今天晚上会在医院里陪你，明天接你出院。"

"哦。"小允失去了亲生母亲，受伤没人照料，而父亲只能趁下班的时候来医院里陪她，这让她觉得自己很孤单。除了一个已经有家庭的爸爸外，世上再也没有其他亲近的亲人了——一想到这里，她便深感自己无依无靠，没有未来。

第5章　寄人篱下

自从曼允从医院回来之后，就更加孤僻，也不与丁父以外的人交流。虽然住在丁家，但她常在晚上做完功课后拿出母亲留给她的记忆盒子一看再看，边看着票根与照片，边流泪哭泣着。

这般举动让丁母与英铠、英嫚愈来愈嫌恶，最后丁母觉得自己再也受不了了，她扬言若丁父不把曼允送走，就要搬回娘家住！

为了不使妻子与曼允的关系继续恶化下去，丁父只得暂时将曼允安置在弟弟丁亨华的家。

在曼允的房间里，丁父正和她提到去叔叔丁亨华家住的事。

"小允，这阵子你就先到叔叔家去住，等家里粉刷、装潢好了，你再搬回来，好不好？"

"爸，你不用拐弯抹角，要把我送走直说就好了，其实家里根本就没有要粉刷、装潢，是'她'和丁英铠、丁英嫚要你把我送走的，对不对？"

"小允，爸爸实在是……"丁父话到嘴边却说不出口。

"什么都不用说了，自从妈死后，我就变成一个没有家的孤儿，既然这样，住在哪里对我来说都没区别。

你就当'她'的好老公，当丁英铠和丁英嫚的好爸爸吧，不用在意我。"

"你这么说，让爸爸很难过。"

"爸，对不起，我不是故意要让你难过的，但你期望一个没有母亲，也没有家的孤儿能说出什么贴心的话来？"

这个周六的下午，丁父开车带曼允来到亨华家，正式将曼允托付给弟弟。

"亨华，曼允就暂时先请你照顾了，我每个月都会汇她的生活费给你。"

"没关系，一个小女孩能吃多少、用多少？再怎么说曼允也是我的侄女，你就放心把她交给我，而且嘉谛也可以和她做伴，你不用担心。"

"嗯。"丁父点头，"小允，你就好好住在叔叔家，有什么事情再打电话给我，平常有什么功课不会的，也可以请教你嘉谛堂姐，知道吗？"

曼允只是点头，并不说话。

"嘉谛，曼允就麻烦你多照顾了。"

"大伯父，请放心，我会照顾她的。"

"小允，那爸爸就先走了。"

曼允点头，随即拎着包包，跛着受伤的腿爬上亨华叔叔家的二楼，连声再见也没说。嘉谛对丁父笑了笑，道声再见，便尾随曼允上楼去。

嘉谛带曼允来到她的房间，替她打开房门领她进去。

"我帮你准备了一个书柜跟一张书桌，应该够放你的教科书和参考书，如果你喜欢看课外读物的话，我们也可以一起去逛书店，多买些书回来看。"

曼允没有回应，自顾自地将包包里的几件衣服拿出来。

嘉谛见她正在整理衣服，就指着房里一隅的衣橱道："小允你看，那边有衣橱，里面有衣架，你可以把衣服叠好或挂好放进去。"

曼允循着堂姐指的方向看去，面无表情地说："我没几件衣服，用便宜的布衣橱就可以了，根本用不到那么大的。"

"没关系啦，女孩子嘛，哪有嫌衣服多的？现在你没有几件衣服没关系，以后我们一起逛街时，我再帮你买。"

"不用了，我只是寄住而已。"

嘉谛轻叹了口气，思考着如何才能走进曼允封闭的内心世界，带她走出自闭与悲伤。

今天是曼允第一次在亨华叔叔家吃晚饭，昭贤婶婶烧了一桌好菜招待她，但吃饭的时候曼允却沉默寡言。由于寄人篱下，她觉得自己需要看人脸色过日子，所以当叔叔、婶婶问话时，她不敢不答，但也仅止于问一句、答一句。

嘉谛的男友泽斌也过来吃饭，为了活跃用餐气氛，泽斌一直找话题和曼允聊天。

"你说你以前要做家事，假日要打工？这样还能考上前三志愿，真的很厉害啊。"

"念书是学生的本分，只要抓紧每一个空当，再忙还是能把书念好。"曼允说。

"那你有参加什么校内比赛吗？"嘉谛问。

"比较常参加作文比赛，偶尔也参加绘画比赛。"

"应该都有好成绩吧？"亨华问。

"大多是前三名。"

"哇，我们的曼允是才女啊，没想到居然这么棒！"昭贤说。

面对昭贤的褒扬，曼允并没有显得特别开心或高兴，只勉强淡然一笑。

稍后，她站起身来。"对不起，我吃饱了，我先上楼去。"话一说完，也不等叔叔婶婶回应，曼允就转身将碗筷拿进厨房去。

厨房内，她正在洗自己的碗筷。嘉谛进来，见她在洗碗便说："碗筷放着就好，等一下我再一起洗。"

"我自己吃的碗筷自己洗就好，不用麻烦别人。"她心想，现在自己只是暂时寄住在叔叔家，虽然她想搬走，但起码得等三年后考上大学才行，到时她宁可在外住宿，靠打工维持生计也不想寄人篱下，不过在还没有自立能力之前，她必须乖乖的，不给人添任何麻烦，否则就没有地方可以去了——一个没有亲人可以依靠的孩子，最先想到的就是要怎么活下去。

寄住在亨华家的曼允，平时吃饭的时候如果是最后一个吃饱的，就会洗所有人用完餐的碗筷匙盘，也会天天洗自己的衣服、打扫自己的房间，有空时还会帮忙昭贤倒垃圾或是做点简单的家务，务求自己不会麻烦到其他人。

　　但除此之外，她还是不特别与人交流，维持着像空气般几乎令人感觉不到的存在状态，而且还是像以前一样，每当做好功课、温好书后，她就会拿出母亲留给她的记忆盒子，看着里面的票根与照片思念母亲，往往看着看着就难以自持地哭出来。

　　好在亨华一家人都很能体谅她小小年纪就失去母亲，又没有正常家庭的处境，十分包容她的封闭、失落与伤心。

　　自从来亨华家住之后，除了上学之外，曼允很少出门，放假时也只是窝在房里画画或看书。嘉谛见曼允一直未能从丧母的悲痛中走出来，虽然曾试着想与她沟通、开导她，但总是被曼允拒于千里之外。这种情况让嘉谛感到又挫败又懊恼，但她不放弃，还是想帮助曼允。

　　在曼允的伤势康复之前，大多由丁父开车送她到学校上课，放学则让她自行搭出租车回家。因为有伤不便，所以曼允可以不用参加每天的升旗典礼，就连体育课也可以请假待在教室，然而也因为这样，曼允和同学的交流更少了，在班上当然也就愈来愈孤立。

　　受伤半个多月后，曼允从亲生父亲家搬到亨华叔叔

寄人篇下

5

寄件人：小小
收件人：曼允

曼允，让我靠近你，好吗？

家，同时腿伤也好得差不多，可是她心里的伤却始终好不了。

这一天，午休时间到了，同学们纷纷去买午餐，家伟见曼允还坐在位置上，就朝她走过去。

"曼允，要不要吃什么？我帮你买。"他一直记得嘉谛的话，要多多帮助曼允，关心她。

"不用了，我可以自己买。"

"你的腿不痛了吗？"

"已经好了。"

"真的？那太好了，走路、做事就方便多了。"

曼允没再多说，掏出钱包站了起来，打算去买东西吃。

家伟看她走路的样子果真利落许多，就放心地对她说："看你走路的样子，我想应该没问题了。"

"谢谢你的关心。"她淡淡地道了声谢。

"既然这样，那我们一起去买东西吧，我也还没吃午饭。"

曼允不置可否地继续往前走，家伟则跟在她身后，一起往卖东西的方向走去。

下午放学后，曼允搭公交车回亨华叔叔家，碰到在客厅看电视的昭贤婶婶时，她只冷冷打了声招呼就回到房里，打开计算机收信。

她看见收件箱里有一封寄件者为"小小"的电子邮件，寄件主旨是"曼允，让我靠近你，好吗？"

看到邮件主旨里有自己的名字，曼允十分惊讶，可是她并不认识寄件者"小小"，怎么会有不认识的人知道她的名字呢？会不会是有人在开她玩笑或想捉弄她？

一想到此，恼怒的情绪便油然而生，曼允索性删掉邮件，不想理会它。她没有闲情逸致随着想捉弄她的人起舞，母亲的过世已经够让她伤心了，加上还有学校的课业要应付，她没有多余的时间去处理这种闲杂琐事，干脆删了邮件还比较省事！

曼允没有理会小小的电子邮件，但小小并没有放弃，还是每天寄来主旨为"曼允，让我靠近你，好吗？"的电子邮件，而且每天都寄来数封，曼允的收件箱里几乎全是小小寄来的同一封信。

有天曼允回家，又收到小小的信件，感到烦不胜烦的她索性赌气打开电子邮件，想回信骂人。然而邮件一打开，头一行就是一句温暖的问候：

曼允，最近好吗，你的伤好多了吧？

看到这句温暖的问候，她的心软了下来，所以这封电子邮件没被她删掉，反而继续阅读下去。

你受伤这半个多月来，虽然有很多事情都不让人帮你，什么都自己来，但我还是很担心你，很想为你做点什么。看你现在好多了，我才终于放下心来。

写这封电子邮件，主要是想告诉你，你心里的伤痛其实身旁的人都知道,很多人很关心你,也很想帮助你,希望你不要封闭自己的心。再者,我只是很单纯地想和你做好朋友,是那种能够谈心、聊生活的好朋友,希望你能敞开心胸,不要拒我于千里之外。

非常期待你能回信给我。^_^

一个关心你的人小小

曼允读着来信,读到"你心里的伤痛其实身旁的人都知道,很多人很关心你,也很想帮助你"这句话时,眼泪禁不住掉了下来。一想到丁母跟丁英铠、丁英嫚都容不下她,将她赶到亨华叔叔家,反而是外人了解她心里的痛,她就难过得不行。

她对丁父说过的"住在哪里对我来说都没区别,你就当'她'的好老公,当丁英铠和丁英嫚的好爸爸吧,不用在意我"那些话,貌似毫不在乎,其实只是为了掩饰心里的难过与脆弱,想表现出自己坚强的一面而已。

毕竟,亲生母亲已经过世,除了自己坚强起来,再也没有任何人可以让她依靠。从与母亲相依为命,一直到母亲过世,曼允渐渐明白一个道理,那就是"一旦表现出脆弱,只会招来他人的欺凌与鄙视",她不想活得那么可怜,所以告诉自己必须强势、勇敢,即便这强势只是虚张声势,她也得这么做。

但小小简单的一句话,却戳到曼允的痛处。她的情绪随着信的内容逐渐宣泄出来,直到尽情地哭了一场,

寄人篱下

5

chapter

才动手回信。

你是谁,为什么会认识我?我也认识你吗?

简短的写完信后,她移动光标按了"传送"键,将邮件寄出。

第6章 陌生朋友的来信

　　这次学校生物课的分组报告，老师规定班上的同学必须分组进行，同时也将以每组的口头与书面报告来评分。然而，由于曼允向来沉默与不愿主动和人接触，让她在班上没什么人缘，因此分组时自然没有人想找她同一组。

　　同学们热闹地各自找组员，只有曼允一人呆呆地坐在位置上。她不想和任何人同组，心想自己一个人就可以搞定生物课的口头与书面报告，人一多反而要分配任务，还得迁就、配合其他人的时间，多一事不如少一事。

　　事实上从初中开始，曼允就常独来独往，一来是除了帮母亲分担家务外，假日她还得打工赚钱；二来是除了做家务和打工外就只能念书，让她根本没有多余的时间可以和同学们培养感情。

　　现在，曼允更因为丧母之故变得郁郁寡欢，打心底不想和任何人说话，或者是交流。

　　就在曼允发呆的时候，家伟走了过来，在她面前坐下。

　　"我跟你同一组好不好？"

　　她摇头："不好，我想自己一个人。"

　　"为什么？这是分组作业呀。"

"分组作业也可以一个人一组，老师又没限定一组要多少人。"

见她坚持，家伟只好扮出可怜相拜托她："既然你自己一人一组，那只要你同意就可以收留我啦。收留我吧，没人收留我，我很可怜呀。"

她还是板着脸，并不说话。

家伟决定使出"绝招"来软化她："看在我曾经送你去医院的份上，就收留我在你这一组吧！拜托拜托啦，求求你，如果你不收留我，我就没有地方可去了。"他扮了个嘴角向下掉的哭脸，装出隐隐啜泣的哭腔，甚至还以"莲花指"假装擦泪水。

家伟逗趣的模样惹来曼允轻轻一笑，这是她第一次展露笑颜。这一笑，倒让家伟心里小小惊艳一下，没想到曼允笑起来居然这么迷人，真是"一笑倾城"！这也使得家伟原本就怜悯她处境、想帮助她的心思，又多了些特殊的少男情愫。

"你笑了就表示要收留我，对吗？"

她收敛了笑容，想了一下才点头。

"耶！谢谢你，曼允！报告要怎么写，工作要怎么分配都听你的！"

下午放学回到家，曼允又收到小小的电子邮件。小小在信上写着：

曼允：今天好吗？

收到你的回信我很高兴,这代表我们的距离已经拉近一步。至于你问我到底是谁,我想说的是,我是谁并不重要,重要的是我关心你、在乎你,希望在你需要有人谈心的时候与你信上谈心,或倾听你诉说心里的苦。

我知道你刚失去相依为命的母亲,心里一定很难适应,也很不舍。我能理解那种悲痛的感觉,所以你有什么伤心、想说的话都可以和我说,写信也是宣泄情绪的方式之一,我衷心希望你宣泄完丧母之痛后能快乐起来,相信这也是你在天上的母亲所乐见的。

你一定要加油,让自己活得更好、更幸福,让你母亲能够安心、放心哟。

小小

小小的回信让曼允感到好奇,怎么会有陌生朋友知道她刚失去母亲的事?既然知道她丧母,表示小小并非陌生人,而是认识的人。她开始猜测"小小"到底是谁?

"难道小小会是童家伟?"一想起今天家伟求她收留他,一起做生物课报告的事,她便开始怀疑家伟就是小小的可能性。"会吗,会是他吗?他应该不知道我妈刚过世的事才对啊。"

她以为家伟还不知道她丧母的事情,但嘉谛早已和他说了。

想了几分钟后,她关掉电子邮件,开始温习功课。明天有作业要交,还有语文小考要考,她得暂时先放下猜测"小小是谁"的好奇心,专心准备功课。

夜里，曼允做完功课、背好书后，整理好书包准备睡觉，然而小小的事情并没有从脑海里抹去，她只是把它先暂时搁在一旁，因此一上床睡觉时，这个疑问又浮现出来，教她一想再想，却还是想不出身边到底有谁会是小小？

因为小小的事让曼允分了心，原本她为母亲过世的伤心情绪也被成功转移，这正是小小帮助曼允走出悲伤的第一步。

第二天放学后，曼允一回到家就先上楼将明天要交的功课做完，又温了一会儿书，直到昭贤婶婶喊了她两次要她下楼吃饭，她才慢慢地从楼上走下来。

"小允，赶快吃饭吧，再不吃，饭菜就要冷掉了。"昭贤坐在客厅沙发上说。

"嗯。"曼允走进厨房盛了米饭后走到饭厅，坐在餐桌前开始吃晚饭。

吃完饭，她主动将餐桌上的剩菜用保鲜膜包好，再放进冰箱，又将用过的碗盘洗干净；接着擦好桌子后，曼允又将垃圾整理好拿出去倒，等一切收拾妥当了才又回到房里温书。

今天曼允提早将功课做完，"小小是谁"的事情又在她脑海里浮现出来。她打开计算机，重读小小的来信，读完之后回了一封信给小小。

小小，谢谢你来信关心。

很想问你，怎么会知道我母亲刚过世的事情？你到底是谁，为什么会对我的事情这么清楚？不但知道我受伤、母亲过世的事，甚至还知道我的心情？

隔天，放学回家的曼允一打开收件箱，就收到小小的回信。

曼允，收信平安。

很高兴你愿意继续写信给我。我想说的是，你身边一直有很多关心你的人，只是你没有注意到而已。当然，失去母亲的悲伤与不舍已占据你所有心思，所以忽略身边人的关心也是正常的，我能理解。

我很希望能帮助你走出丧母之痛，所以曼允，如果你对母亲仍有深深的思念，不妨多在信里和我聊聊你母亲生前与你相处的点点滴滴，或你对她的不舍。我知道你在学校的作文成绩不错，是个很会写作的人，所以我想，或许你可以透过擅长的"书写"来宣泄悲伤的情绪，这样会比闷在心里要好得多。你愿意多和我聊聊吗？

关心你的人　小小

写作吗？曼允对小小提到的点子感到讶异。

这天晚上做完功课后，曼允又捧着母亲遗留的记忆盒子思念她，看着盒子里的照片，她回想着拍照时的记忆与心情；接着她又仔细看着从桃园到台北的火车票根，想起母亲生前与自己搭火车的画面和情景，想着想着，曼允再次痛哭失声。

　　她趴在桌上，哭了好久好久才将眼泪擦干，接着收好盒子，在思念的心情下开始写信给小小。

　　小小，收到你的来信。

　　写信给你的时候，其实刚看完从前与母亲合影的照片，还有一起搭乘火车的票根，我的情绪十分纠结，既心痛又不舍。我总是想着，如果母亲生前我能多注意她的健康，帮忙分担更多事，也许她的心脏病就不会发作了。

　　母亲走得很突然，我有好多话还没跟她说，也还没来得及告诉她"我爱你"。我恨自己的存在害母亲辛苦工作到累倒、病倒，如果不是因为我，或许她就不会死。

　　你虽然很了解我的事情，但我不晓得你是否也知道我的身世？其实我母亲是我父亲婚外情的对象，已经结婚的父亲因工作之故认识我母亲，两人因业务上的往来时有联系，最后在个性合得来又有话聊的情况下产生感情，因此一直保持未公开的秘密关系，直到母亲怀了我，父亲的婚外情才曝光，被他的原配夫人发现。

　　父亲一直对原配深感愧疚，因为是他惹出与我母亲的婚外情，他觉得很对不起她，但父亲同时又深爱着我母亲。他们的三角事件闹了好一阵子，最后在不得已又为难的状况下，父亲必须斩断与我母亲之间的关系，回到他的家庭，不过他答应过我母亲，等我平安出生后他会负担我们的生活费，还有将来我念小学到大学的学费。

　　然而，母亲自觉对不起父亲的原配，也自责自己破坏别人的家庭，为了不再让父亲为难，于是母亲拒绝我父亲给付的生活费，自愿毫无条件地离开，将他还给他的原配，一个人含辛茹苦地抚育我长大。

多年来，母亲只会固定每个月带我从桃园到台北与父亲见面、吃饭，却从来不曾要求名分或金钱，她唯一的要求，就是希望父亲的原配能答应让我姓丁。父亲的原配也是人家的母亲，她虽憎恨我的存在，却没有太为难我父亲这件事，只不过我从父姓的唯一条件就是不能够住进丁家，因为她不想看到我，一看到我就会让她想起丈夫出轨的事。就这样，我成了没有父亲在身边陪伴成长的单亲小孩，与母亲相依为命地生活。

虽然母亲没有任何名分和好处，但她从来不恨父亲和他的原配，而且总以爱来教育我。小时候我在学校看见别人有爸爸、妈妈，便一直吵着要爸爸，刚开始她总是告诉我，父亲忙于工作没有办法和我们一起住，等假日时她再带我去台北找爸爸。

后来，等我小五、小六比较懂事的时候，母亲才向我坦白她与我父亲之间的婚外情。她常对我说，是她做错事情，对不起我父亲的原配，要我千万别憎恨父亲及他的原配。她说心里有恨的人会活得很辛苦、很痛苦，她希望我是在快乐的环境及心境下长大，这样才能培养出健全、正向的人生观与处事态度。

在母亲过世之前，我一直很开心、很快乐地成长，也很庆幸自己有这样的母亲。我从不怨恨命运、父亲或是父亲的原配，虽然我并不喜欢父亲的原配，跟她也没有什么感情，但至少还不至于深恶痛绝。一直到母亲过世之后，我

陌生朋友的来信

6

才开始憎恨父亲，我恨他为什么有了家庭却又跟母亲在一起，甚至让她怀了我、生下我？

如果没有父亲，我母亲会是多么幸福的女人！而我也不用承受丧母无依之痛，以及母亲过世之后，被他的原配，以及同父异母的兄弟姐妹将我像踢皮球似的赶到叔叔家的悲哀。

我恨父亲，非常恨他，母亲的悲剧和我的不幸，都是他一手造成的。

曼允写完信后，立刻寄了出去，隔了两天，她才收到小小的回信。她打开信件，开始逐字逐句慢慢地阅读。

曼允，读过你的来信，我了解你心里的怨恨与不满。

我想对你说的是，大人的感情世界其实很复杂，很多感情是没有办法用绝对的"对"或"错"去衡量或批判的。这些感情方面的事，我没办法用一种标准或一件事来详细解释，总之等你长大了，经历过爱情的洗礼之后自然就会明白。

所以，我希望你不要憎恨你父亲，人非圣贤，孰能无过？纵使他做错一些事，内心也已承受他所该受的谴责，还有原配与子女对他的不谅解，不是吗？人生没有标准答案，也没有既定公式，很多事情是在做出决定的时候就已注定好结局的。

一如你母亲的过世，就是一种无法抗拒的无奈，当她决定生下你，并且一个人辛苦地抚养你，就已注定她这辈子的悲苦。也就是说，事情既已发生，想挽回是不太可能的。

我们每个人都会为自己所决定的人生付出一点代价，没有任何人例外。或许你为母亲的过世悲伤着，但还活着的父亲，他心里的苦也一直伴随着他。

曼允，聪明的你，应该明白我所说的话。

最后想告诉你的是，你是你母亲的骄傲与最爱，千万不要因为母亲的过世而恨你自己，只能说一切都是命运，你并没有做错什么。当然，告诉你一切是命运的安排并不等同于要你认命，什么都不用努力，而是要你明白很多事情只要顺势而为就好，切莫太过强求，强求只会让自己更加痛苦。

虽然你没来得及告诉母亲你爱她，但我想她一直都知道的。你们母女的感情这么深，很多话不用说出口就能够彼此感受到，因为，你们是用心在珍爱彼此。

小小

读完信，曼允将信件窗口关闭，坐在计算机前思考着小小告诉她的那些话，然后开始回信给小小。

小小：

读了你的信，我觉得十分好奇，想问你是不是大人？为什么你说话的语气和措辞会这么世故成熟？为什么都不告诉我，你到底是谁？

曼允的好奇并没有得到解答，只要一问起有关“小小是谁”的事，小小不是不回信，就是回了信却没有提及或说明。

这天的午休时间，曼允吃完午饭后就抱着画册，一个人待在教室外的凉亭里涂涂画画，不知在画些什么。

家伟见她一个人在那，就走了过去。

"咦，曼允，你在画画呀？没想到你也会画画。"

听见家伟的声音，曼允停下画画的动作，抬头看着他。

"对不起，我打扰到你了吗？"见她停下画笔，家伟问。

"没有。"她淡淡地说，但双眼一直盯着家伟瞧，臆测着他会不会就是小小？如果他就是小小的话，那他怎会知道她母亲刚过世的事情呢？尤其E-mail上面所写的那番话，实在不太可能出自于一个高一生，那是有点年纪又经历过一些世事的大人才可能写得出来的。

可是，除了家伟，到底还有谁会如此关心她，难道是爸爸？这可能吗？他都已经忙工作忙到不可开交，怎么可能有时间写 E-mail 给她呢？如果不是家伟也不是爸爸，她身边到底还有谁会这么关心她？

她看着家伟，疑惑地问："你为什么要这么关心我？"

曼允突然冒出的这句话，让家伟一头雾水，于是他傻愣愣的"啊"了一声。

"我是想问你，为什么要这么关心我？我被车撞的时候，是你好心帮我叫救护车、陪我去医院，然后又通知我家人；生物课要做分组作业时，也是你好心要和我同一组，而且，在我车祸后你也常常关心我的伤势，替

我买东西吃？你为什么要做这些事？"

家伟有点不好意思地脸红，但立刻克制脯腆对曼允说："关心同学还需要理由吗？"他一脸正经地说，说得理所当然。

"关心同学是不需要有什么理由，可是我觉得你对我太好了。"

"有吗，我对其他同学也很好啊。你该不会以为，我关心你是有什么企图吧？"他举起右手做发誓状，"我向你保证，我没有任何不轨的企图！"

曼允微微咧开嘴角，轻笑了一下："我没有说你有企图啊，我只是在想，你会不会就是写信给我的——"话说到一半，她硬生生地又咽了回去。

"你怎么不说了？会不会是写信给你的什么？"家伟好奇地问。

"没有，没什么。当我没说。"

他看了她一眼，笑了起来。

他的笑引起曼允的注意："你笑什么？"

"笑当然是因为开心啊。"

"什么事情开心？"

"因为你说了很多话啊。今天是我认识你一学期以来，你说最多话的一次哦。"

但曼允听见这句话，反而敛起笑容，静默下来。

"对不起，是我说错话吗？"

她摇头，却不再说话了。

正好午休的钟声响起，曼允起身收起画册和笔，接着静静离去。不过，在她离开的时候，不慎从画册里掉出一张画。

"喂，曼允，你等等！"

但她并没有回头，径自低头走远。

家伟拾起那张掉在地上的画，是一张有个女孩正泫然哭泣的素描。看着那张画，他好希望有一天，曼允画里的女孩能从哭泣的脸变成笑脸。为此他暗自下定决心，一定要帮助曼允走出孤单寂寞，快乐起来！

陌生朋友的来信

6

第7章　小允的生日

再过不久就是曼允的生日，丁父为了安慰女儿，转移她失去母亲的悲痛，打算替她在家里办个小小的庆生会。

星期天，丁父与丁母在客厅看电视时，丁父对丁母提出自己的想法。

"宛真，小允的生日快到了，下星期天我想帮她过生日，你觉得怎么样？"

丁母转过头来，对丁父说："丁曼允是你女儿，你想怎么帮她过生日不需要问我吧？"

"我是想……请你煮顿丰盛的晚餐，然后我去亨华家接小允回来过生日。"

听到丈夫要她替曼允煮顿过生日的晚餐，丁母心里一百个不愿意。"干吗要我煮？要吃好的，去餐厅也可以呀！"

"那不一样嘛，在自己家里过生日才有'家'的感觉，而且我希望那天英铠、英嫚也能在家。"

丁母白了他一眼，并不说话。

"老婆，拜托你，就一天而已，吃完晚饭、切完生日蛋糕后，我就送她回亨华家去。孩子生日，你就委屈点帮个忙，好不好？"他拉着妻子的手。

但丁母不悦地耍性子，将丁父的手甩掉。

丁父不放弃，苦苦哀求："一次就好，好不好？曼允她妈刚走，她一定很不习惯，所以今年的生日就在家里，让大家陪她一起过；以后她生日，我再带她去餐厅吃饭。拜托你就帮忙这一次，好不好？"

丁母拗不过丈夫的哀求，只好心不甘情不愿地答应："好啦好啦，就帮你的宝贝女儿煮这一餐，要是再有下次，我可不帮忙。"

很快的，下个星期天就到了。丁父到亨华家接曼允回来时，丁母正在厨房里做菜，英铠、英嫚则在客厅里看电影 DVD。

下了车，曼允站在丁家大门口，并没有进去。丁父走到她身边，对她说："进去吧，小允，宛真今天煮了很多你爱吃的菜哦。"

"她怎么会知道我喜欢吃什么？"曼允淡淡地问。

"我跟她说的呀。走吧，我们进去。"

说罢，父女俩一起走进屋里。进客厅的时候，曼允听见英铠、英嫚将电视音量转得很大，似乎不知道他们进到客厅来。

"英铠，电视转小声点。"丁父说。

英铠听见父亲的声音才回头望了一眼，然后拿起遥控器把音量调小。

这时丁母正好端出最后一道菜，她见丈夫已回来，便说："饭菜都煮好，可以吃饭了。"

丁父点头，指着一桌子好菜对曼允道："你看，都是你爱吃的菜，待会儿好好谢谢宛真哟。"

"嗯。"

丁母又拿了白瓷碗和筷子出来，对客厅里的孩子们大声嚷道："吃饭了，先把电视关掉！"

"哦，好。"英铠、英嫚应了一声，暂停正在播放的DVD，关掉电视。

五个人围着餐桌坐下，丁父对曼允说："今天这些菜都是特别为你煮的，别客气，试试宛真的手艺。"

曼允知道父亲是在暗示她向丁母道谢，她勉强笑了笑，很生疏地说："谢谢阿姨，不好意思，麻烦你了。"

丁母也笑得很勉强："不用那么客气，希望这些菜能合你胃口。"

英铠、英嫚没有表示什么，他们今天回家只是当"陪客"，并非完全出于自愿，没臭着脸就已经很给面子了，所以丁父也不好再多要求他们些什么。

"好了，先吃饭吧！"丁父对大家说，"吃完晚饭，再来切生日蛋糕。"

于是一家人开始动起筷子用餐。

吃到一半，英嫚对丁母说："老妈，你做的菠萝虾球真好吃，炸得酥酥脆脆的，口感很棒！"

"对啊，老妈的手艺可以开餐厅了。"英铠也跟着说。

丁母笑得好开心："你们俩嘴巴那么甜做什么？今

天生日的人又不是我。"

"是真的嘛，妈，这菠萝虾球真的很好吃。"

"喜欢吃的话，锅里还有很多，你们要回学校的时候可以带一点回去，稍微再油炸一下就可以吃了。"

英嫚看了曼允一眼："喂，丁曼允，我带点虾球回我宿舍没关系吧？你应该不会介意才对。"

曼允赶紧摇头："这些菜是阿姨做的，大家都可以吃，没关系。"

丁父则对英铠跟英嫚说："你妈做的菜不只菠萝虾球好吃，像明虾啊、糖醋排骨、茶碗蒸啊都很棒，大家别只顾着吃菠萝虾球。"

说完，他夹了两颗虾球及一块糖醋排骨到曼允的碗里："这些都是你爱吃的。"

英铠、英嫚看了心里颇吃醋，英嫚不肯让妹妹独占父亲的爱，就对丁父说："爸，那你不夹给我跟哥啦？"

"好好好。"丁父笑呵呵的，动手夹了菜放进儿子、女儿的碗里。"这样大家都有夹到，不偏心了吧？"

英铠、英嫚这才笑出来。

丁母见丁父夹菜放进儿子和女儿的碗里，也跟着夹菜放进去，边夹还边说："给你们兄妹俩多补充点营养，平时你们住外面，想吃妈煮的饭菜根本就不可能，趁今天回来多吃些。外面的东西菜色差又洗不干净，以后在外面吃尽量别挑有叶子的菜。"

"干脆妈住到我宿舍帮我煮饭，这样我就不用在外

面吃了。"英嫚说。

"到我宿舍帮我煮啦。"英铠也抢着说。

"你们平常让你妈操的心还不够，去念大学还要使唤妈妈帮你们煮饭啊？"丁父笑道。

"使唤我没关系，只要毕业出社会后，赚钱回来孝敬我就可以了。"丁母说。

"那有什么问题？"英铠搭着丁母的肩，"赚钱当然是孝敬老妈啦。"

"是啊，现在这么说，等有太太的时候，就听太太的话了。"

"才不会咧，我是老妈、老爸摆第一，老婆摆第二。"

"喂，那我呢？"英嫚不依，"你不把我放在眼里啊？"

"把你放在眼里干吗，反正你迟早要嫁人啊，你没听人家说，女儿是留不住的？"

"你才留不住啦，我有说过我要嫁人吗？"

丁父笑，"这点英铠倒没说错，人家说女儿'留来留去留成仇'，爸妈可不敢耽误你的终身大事，等你有好对象，就带回来给我们看看吧。"

"哎呀，你们很讨厌啊，干吗讲这个啦！"

......

丁家人的对话，听在曼允耳里颇不是滋味，她很后悔答应爸爸回来丁家过生日，看来今天的主角根本不是她，而是丁英铠、丁英嫚，今天是他们回家和爸妈一家团圆的好日子！

小允的生日

7

chapter

看着他们一家人说说笑笑，她这才了解到，原来"他们"才是真正的一家人，自己根本只是个外人，是个永远也无法融入这个家的外人而已。既然如此，为什么还要回来过生日？回来也只是更突显自己的孤单而已。

吃完晚饭，众人移到客厅准备切蛋糕。丁母拿出八寸的生日蛋糕摆在桌上，还没打开，丁父就对曼允说："这是你最爱吃的黑森林蛋糕，是我要宛真特别为你买的。"

丁母一听，忙说明道："这不是黑森林，是蓝莓蛋糕。"

英嫚一听，兴奋地大叫起来："蓝莓蛋糕？我最爱吃了！"

丁父的脸色骤变："不是跟你说过，小允喜欢吃黑森林或提拉米苏吗？"

"我有什么办法？昨天下午忙着去买做饭用的材料，今天都忙着做菜，而且我还有一堆家事要做，是忙完后，下午才去蛋糕店买的。门市小姐说刚好没有黑森林和提拉米苏，要订的话明天才能拿得到，所以我只好买现成的。"

"唉，你怎么没提早两天去订呢？"

"你是在怪我吗？我已经跟你说了我很忙啦！难道蓝莓蛋糕就不能吃吗？"丁母有点儿不高兴，尤其丁父是在曼允面前数落她，她忍不住心里犯嘀咕，难道老婆和外头生的女儿真不能相比？她不想还好，愈想就愈生气。

"如果丁曼允不喜欢蓝莓蛋糕的话，我可以帮忙多吃点没关系啊。"英嫚对父亲说，似乎是站在母亲那一边。

曼允见状，回想起母亲生前，为了买黑森林或提拉米苏口味的生日蛋糕给她，跑了好几家蛋糕店的情景。即便她跟母亲说："没关系，不吃黑森林、不吃提拉米苏也可以。"但母亲还是执意要买到这两种口味，不嫌麻烦地跑了好几家店，才终于买到她爱吃的蛋糕。

她现在终于明白，只有亲生母亲才会为自己的孩子牺牲奉献，做任何事情都不怕辛苦也不怕麻烦。眼前这位父亲的原配不是她的妈妈，一辈子都不可能是，既然如此，当然也不可能为她付出。

"你们母女俩说的是什么话？今天过生日的是小允哪！"

英铠见气氛僵持不下，于是站出来说："好啦，一个生日蛋糕而已，吃什么有这么重要吗？"

"够了，不要再吵了！"曼允大叫一声，"今天根本就是你们的家庭聚会，蛋糕就留给你们吃吧！对不起，我不该来打扰你们一家和乐！"说完，她立刻转身跑出去。

丁父见状，紧张喊道："小允，小允——"边喊边追在女儿身后。

丁母见蛋糕还没切，父女俩就跑掉，简直快气炸了："什么跟什么嘛，就这样跑出去？真是太过分了，我今天根本就是白忙的！"

　　这是曼允出生以来，最多人帮她过生日的一次，但也是"最孤单""最伤心"的一次。她从丁家跑出来后就在街上流浪晃荡，一点儿也不想回亨华叔叔家，现在她需要的，就是远离所有姓丁的人，一个人静静地独处。

　　逛着逛着，她来到诚品书店，却意外遇上家伟。

　　"曼允，居然在这里碰到你！"家伟见她眼睛湿湿的像刚哭过，便紧张地问道："你怎么了，眼睛怎么湿湿红红的？"

　　原本话便哽在喉头的曼允，听见这句关心的问候，霎时忍不住哭了出来。

　　眼前的情况让家伟不知所措，除了自己的姐妹，他从没有应付过其他女生哭泣的状况。

　　见曼允就这么站在书店大门口哭着，他生怕被人误会，于是赶紧带她离开，走向附近的麦当劳。

　　来到麦当劳后，曼允哭着将自己回丁家过生日；父亲和亲生母亲是婚外情，进而生下她的身世，以及母亲过世后，自己目前暂居叔叔家的事情全说给家伟听。在这伤透了心的时候，她正好碰到可以倾诉委屈的对象，于是再也毫无顾忌地把所有事情全说出来。

　　家伟听完曼允说的话后，递给她一张纸巾："来，把眼泪擦一擦，别哭了哦。"

　　曼允接过纸巾，擦去泪水也抹掉鼻涕。

　　"你先在这等一下，等我哟，我马上回来。"说完，他就一溜烟地跑下楼去。

等他再回来的时候，手上已经拎着一个小小的蛋糕盒。

"这是？"曼允有些惊讶地看着他。

"来，这送给你当生日礼物，是六寸黑森林蛋糕，我刚才到附近蛋糕店买的。"

"那怎么可以，让你破费了。"

"还好啦，没有很贵，才三百多块钱而已。我生日的时候，你再买蛋糕请我吃就可以啦。"他笑眯眯地说。

看着家伟买来的生日蛋糕，曼允的心涌入一股暖流。他不但听她诉苦，还这么有心地买一个生日蛋糕送给她，这，教她怎能不感动呢？

"家伟，谢、谢谢你，真的很谢谢你。"话一出口，眼泪又不争气地流下来。

"喂，过生日的人不可以哭哦。今天是你十七岁的生日，要笑、要开心哪！"

曼允点头，笑了出来。这笑是发自内心，真正开心的笑容。

丁父开着车在市区的大马路和小巷子里绕来转去，不论是学校、百货公司、书店或购物商场，所有曼允可能会去的地方他都找遍了，就是找不到她的踪影。

天色已晚，曼允一个女孩子待在外面让他十分担心。这辈子，他已经很对不起曼允的母亲，如果因为今天的不愉快而让曼允不慎出什么意外的话，他就是到死也不能原谅自己啊。

　　叹了口气，他停下车来，心想再打通电话到亨华家去问问，说不定这会儿曼允已经回去了。

　　"小允还没回来，打手机也没接？是啊，好好好，她一回来，我让她马上打电话给你。"亨华与丁父说完后，挂上电话。他看看墙上的钟，已经快十一点了。

　　自曼允从丁家跑出去到现在，都整整四小时了，丁父开车到处寻找，但怎么找就是找不到她，他一心急，打到亨华家的电话也不知打了多少通。

　　"爸，这样吧，我也出去帮大伯父找曼允，你和妈就在家里等电话。"嘉谛说。

　　"也好，你就出去帮忙找找，开我的车去。"亨华才要转身拿车钥匙给嘉谛，嘉谛就看见曼允从大门进入客厅。

　　"小允，你回来了！"嘉谛大叫，引起亨华的注意。

　　亨华连忙上前："谢天谢地，你终于回来了，知不知道你爸有多着急？"

　　"对不起，因为我心情不好，所以……"

　　昭贤也过来安慰曼允："不用说了，我和你亨华叔叔还有嘉谛都知道了。以后我们帮你过生日就好，婶婶一定会煮你爱吃的菜、买你最喜欢吃的蛋糕，好吗？"

　　"真对不起，让你们担心了。"

　　亨华拿起话筒，拨了丁父的手机号码："曼允来，我打了你爸的手机，他现在还在外面找你呢！你来跟他讲电话，让他放心。"

曼允点头，接过话筒。没一会儿，电话就接通了。

"爸，我是曼允。"

"你回到叔叔家了吗？"丁父看来电显示，知道女儿已经安全到家了。

"嗯。"

"到家就好，到家就好。"

"爸，对不起。"

"别说对不起，是爸爸对不起你。好好一个生日就这么泡汤了。"

"没关系啦。"

"累了吧，你赶快洗澡睡觉，明天还要上课呢。"

"好，爸你也快点回家休息，明天你要上班。"

"那就先这样，有什么事再打电话给爸爸。"

父女俩说完，彼此收线挂上电话。

回到房里，曼允并没有马上准备睡觉，而是又拿出记忆盒子思念母亲，接着，她打开计算机，开始写信给小小。

小小：

还记得我曾跟你说过，我有一堆和母亲一起搭火车的票根吗？那些票根是我小时候，妈妈带我从桃园到台北来看爸爸时，每回搭火车所留下来的票根。今天是我生日，我又打开妈妈留给我的盒子，看着那些票根以及和妈妈一起合拍的照片。

即便妈妈已经过世，那些和她有关的票根还有东西我仍舍不得丢。她留下的不只是这些东西，还留了满满的爱与回忆在我心里，我永远也忘不了。

我记得有一次跟妈妈一起从桃园坐火车上台北，车上有个父亲正在打骂他的孩子，但我看了好羡慕，于是对妈妈说，爸爸从来就没有时间陪我，甚至连打骂我也不曾有过。

妈妈说："有哪个爸爸不愿意陪在自己孩子身边的？你爸爸牺牲了亲子之情和时间，把精力全花在工作上，就是希望能赚更多的钱，让家人过更好的生活。"

我说："爸爸是别人的爸爸，是丁英铠、丁英嫚的爸爸。"

妈妈说："丁英铠、丁英嫚是你同父异母的兄弟姐妹，他们也是爸爸的孩子啊，难道你不希望他们过得幸福吗？也许没有爸爸陪在身边让你感到遗憾，但如果你能好好念书，将来好好努力有好的成就，爸爸不就更高兴，更以你为荣吗？"

我点头。

妈妈又说了："虽然爸爸不在你身边，但他爱你的心并没有因此减少，虽然你是在单亲家庭的环境下长大，但你会比在双亲家庭里成长的孩子更独立、更成熟，这对你来说是一个很好的磨炼，所以你不要埋怨爸爸，反而要爱他、敬他，知道吗？"

这就是我的妈妈，一个这么宽容、又为人着想的妈妈，她永远给我正面的观念，给我爱与希望。经过今天的生日，我更明白母亲在我生命里，是永远无法被取代的慈母。

寄出信没多久，曼允就收到小小的回信。

曼允：

没想到今天是你生日，先祝你生日快乐！

看了你的来信，我了解你与母亲之间的感情很深，你们之间的情感是死亡切不断的。命运之神虽然让你们天人永隔，但你们之间早已超越生死，你母亲也将永远活在你的记忆里，你们空间上的距离虽然变远，但精神与心灵的距离却更近。

当然我知道，"记忆"让人感到疼痛，也很伤人，不过只有在记忆里，你才能再见到你母亲，于是它成了唯一能够安慰你的方式。但是我想让你知道，你母亲留下这些记忆，并不是要你一直沉溺于悲伤之中，而是想丰富你的心灵与人生，锤炼你并让你更加成长。

活在世上，每个人都会经历生离死别，不幸的是，你比周围的人要早几年经历它。如果你真的很想念母亲，就尽情抒发你思念的情怀，只是千万别忘记要让自己过得比以前更好、更幸福。唯有自己过得好，才是报答在天上的母亲最好的礼物。明白吗？

看着小小的回信，曼允不住地流泪。或许现在的她还无法完全走出丧母的阴霾，但她在心中默默起誓，一定要活得更好，让妈妈在天上看了也能放心。

小允的生日

7

chapter

第9章　温暖的友谊

第二天，曼允一早就到学校早自习，当她在自己的座位上一坐下来时，就看见抽屉里有个东西。她抽出一看，竟然是自己之前画的素描画！不过，女孩原本哭泣的嘴角已被改画成上扬微笑的弧度，画的上方还浮贴着一张纸条。

她看着纸条，上面写着：

曼允：

还记得这幅画吧？这是之前你在凉亭里画画，准备回教室时掉出来的。那天我捡到它，虽然想把它还给你，可是你已经走远。我心想，一定要把哭脸改成笑脸，所以就私自动手改了你的画（Sorry，别生气！）。哦，对了，昨天送你的生日蛋糕吃了吗？好不好吃？

家伟

曼允看见纸条上画着一个丑丑的蛋糕，觉得很好笑，便莞尔笑了出来。有股暖流在她心里流过，她觉得家伟真是个可爱的大男孩，不知不觉中，曼允的心也因他而敞开。

第一节课下课后，曼允就去家伟的位置上找他。

看见两人装的早餐突然放到自己的桌上，家伟抬头一看，原来是曼允。

"这，是要请我吃的吗？"他问。

"对，请你吃的，昨天你送我蛋糕，今天我回送你早餐。"

"特别去买的呀？"

"不是，是我婶婶买的，我带了一些过来当早餐吃。"

"谢谢你的早餐哟。"

她没说什么，径自从背后拿出一张画递到他桌上。"我的画被你改得好丑哦。"

他摸了摸脑袋，不好意思地笑了笑："对不起，我没有绘画天分。"

"算了，既然被你破坏了，那你得收留它。"

"这张画要给我吗？"

"嗯。"

家伟高兴地收下那张画："我一定会好好珍藏的，你的画比毕加索的画还要吸引我，而且更值得我收藏。"他边看她边说，眼里闪着珍爱的目光。

曼允被他这么一看，不禁有些腼腆，不知道该回什么话才好。

两人之间的气氛有些异样，也都尴尬得不知所措。

幸好，家伟很快就找到话题化解尴尬："对了，你昨天回你叔叔家时，有没有被骂？"

"没有，叔叔婶婶都没骂我，还安慰我别难过。"

"那你爸呢？"

"昨天回叔叔家之后，我打了电话向他道歉。"

"那就好，大家没怪你就好。"家伟沉吟了一会儿，又说，"曼允，你有没有想过，其实你可以和那位阿姨还有哥哥、姐姐好好相处？"

"你怎么会这么问？是他们不喜欢我，赶我去叔叔家住的。"

"我知道是他们不喜欢你，但你有没有想过，为什么他们不喜欢你？"

"不用想也知道，因为我妈是我爸的……"说了一半她没再继续说下去，因为现在是在学校教室里，她有所顾忌，并没有将"小老婆"或"婚外情"这样的字眼说出来。

家伟知道她的意思，明白天底下没有一个大老婆会喜欢丈夫婚外情所生下来的孩子，所以他点了点头，又说："我懂你的意思，但你有没有想过，除了这个原因之外，还有没有其他原因？"

"其他原因？"

"对，一个人会讨厌另一个人，原因可能有很多个。"

曼允低头，想着他所说的话。

他见她想了很久，想不出个所以然来，就笑着对她说："记得刚开学时第一次见到你，你很冷漠、不说话，对外界的事情也漠不关心，表现出来的样子是拒人于千里之外、沉默寡言。因为我愿意慢慢去了解你，所以知道你是因为母亲过世还有自己的身世才会这样，但不见得每个同学都和我一样，所以你显露在外的态度会影响到人际关系，让你自己变得更孤单，也没有人敢靠近你。既然同学们会避开你、疏远你，那么你爸爸家的那位阿姨和哥哥姐姐，一定也是因为这样才不喜欢你，而不单单只是你妈妈的原因。"

家伟的话犹如当头棒喝，曼允虽不想承认，却没有办法否认。

"曼允，我不是怪你。你想想看，你和我现在的交流已经很好了，这足以说明你也有能力可以跟其他人有好的交流，你怎么不试试看？"

"我，我做不到。"

"你不是做不到，你是打从心里不喜欢那位阿姨和哥哥姐姐，所以才会一直用那种态度去对待他们。你跟他们其实也算一家人，你应该改变自己的态度去接纳他们，唯有接纳和融入，自己才不会孤单。虽然要跨越那道鸿沟可能需要时间，但总是要采取行动，才有改变的可能啊。"

曼允沉默了很久，最后才支吾吐出一句话："我、我不知道。你让我想想，我、我需要时间。"

"没关系，你慢慢来。这种事情没有时间表，别太勉强自己。"

曼允一整天都在思考家伟对她说的话，因此一回到家就马上写信给小小。

小小：

　　收信平安。

　　今天在学校里，我的同学家伟跟我聊到，要我和爸爸的原配还有同父异母的哥哥姐姐好好相处，改变我自己对他们的态度。家伟说，他们会不喜欢我，不单是我妈是爸爸婚外情的缘故，我自己所表现出来的态度也是原因之一。真是这样吗，难道我改变自己的态度，他们就会喜欢我？人真有这么容易就改变吗？

　　　第二天下课回来，曼允上网收信时收到了小小的回信。

曼允：

　　真替你高兴，你有家伟这样一位好朋友，你一定要好好珍惜哟！

　　基本上我也认同家伟说的话，你的外在表现确实会影响你的人际关系。这么说吧，其实你是一个心地善良又用功念书、乖巧的好孩子，但由于你对父亲原配和同父异母哥哥和姐姐的态度并不友善，所以你们之间的距离便在无形间拉大了，一旦距离拉大就无法了解彼此，你无法了解他们，同样的他们也没有机会好好认识你，这么一来，他们就更不可能知道你是个好孩子了。

　　人的想法的确很难扭转，但也很好扭转，关键就在于你是不是有"诚心"。

　　记得你在信上曾提过你母亲对你的教育和相处点滴，

我想你已逝的母亲之所以没有心怀怨恨,是因为她懂得气量宽阔、凡事不计较才能活得自在的道理,你母亲一直用这种态度和观念在教育你。

你若爱你的母亲,就应该记得她对你的教导,尽量站在你父亲原配的角度,以一个"女人"的心情去了解、谅解她心里的怨愤。

今天若将角色互换,把你母亲换成是你父亲的原配,你是不是就比较能站在一个体谅的角度,去对待你父亲的原配呢?

曼允,解开心结其实可以从自己做起,如果你愿意,甚至可以将父亲的原配当成自己的母亲。

曼允读完信, 立刻回了封信给小小。

小小:

我明白你所说的话,但要我将那位阿姨当成自己的母亲,目前我实在做不到。太难了,真的是太难了! 如果我将阿姨当成母亲,那我的亲生母亲呢? 我不能因为妈妈死了,就认别人的妈妈当妈呀。

星期六下午, 丁父开车载丁母去超市买菜, 买完菜, 丁父心血来潮想去亨华家看看曼允。虽然丁母一直吵着要先回家,丁父却不理会,方向盘一转,车子就往亨华家的方向驶去。

到了亨华家,丁父丁母在客厅里和亨华夫妻边喝茶边聊天。不久后,曼允从图书馆回来,她原本轻松愉悦的心情一见到丁母霎时全化为乌有，脸也立时拉了下来。

虽然说曼允和丁母很少接触，也没有什么感情，但原本还不至于那么厌恶她，是直到母亲过世后，她住进丁家却被丁母赶出来，加上生日那天发生的事情，才让曼允变得很讨厌丁母，甚至还有点恨她。

曼允很想转身就走，不想再看到她，但一想起家伟曾经说过的话便打消念头，心想就算没办法喜欢丁母，起码也要维持表面和谐，这样父亲比较不会为难，日后大家见面也比较不尴尬，于是她向父亲跟丁母走去。

"曼允哪，你回来啦，你爸来看你啦。"亨华说。

曼允走了过去，勉强挤了丝笑容喊了声："爸……"

"你去哪啦？"丁父问。

"跟同学去图书馆找数据。"

"这样啊，吃中午饭了没？"

"吃过了。"

"哦。"丁父拉了拉丁母的手，要她也说句话。

丁母不高兴，倔着性子对丁父道："哎呀，你干什么啦。"

曼允见状心里很不舒服，二话不说就要上楼去。

丁母见她叫也不叫自己一声，又想起她生日那天蛋糕没切、撂了句没分寸又不礼貌的话，掉头就走的事，心里就有气，于是在她背后冷哼一声道："真是的，有什么样的妈就有什么样的女儿。"

温暖的友谊 8

chapter

曼允不容许任何人出言侮辱自己的母亲，母亲在自己心中，是全世界最好的妈妈！她忍不下这口气，转过身来回道："你说得没错，有什么样的妈就有什么样的女儿。你自己的儿子、女儿也跟你一个样，只会欺负没妈、没家的可怜孤儿！"

"喂，你这什么态度？"丁母站了起来，两眼瞪得和牛眼一样大。

"那你又是什么态度？"曼允丢下这么一句话，不再多说径自上楼去。

曼允上楼后，丁母还在楼下哇啦哇啦对着丁父直嚷："你看看，你看看，这就是你生的好女儿？"

丁父瘫软无力地坐着，什么也没说，丁母却不放过他，嚷道："你说话呀，你倒是说句话呀？"

丁父忍无可忍，当下吼道："够了没？你闹够了没？你怪她态度不好，怎不想想你自己怎么对人的？一个大人一直和十几岁的小女孩计较，可不可笑啊？"

"好了好了，你们别吵了。"亨华一个头两个大。

"是啊，宛真你就少说一句吧。"昭贤也帮忙劝解。

星期一到了学校，曼允将前天的事情说给家伟听。

"我真的有想到你所说的话，想和我爸的老婆好好相处，可是她的态度实在太差，很让人受不了，根本就不可理喻！"

"曼允，你是真心的吗？'好好相处'不是挂在嘴上，而是从内心发出善意对待别人的。"

"你不是当事者，说得当然容易。"

"不，你错了，就因为我不是当事者，所以'旁观者清'。"

"照你这么说，那她也可以展现诚意，发自内心善意地对待我呀。"

"你在这个问题上打转有什么意义？你希望她先释出善意，她则认为应该你先释出善意，你们要是都坚持这一点，僵局怎么可能有化解的一天呢？"

傍晚放学回到家，曼允回房一开计算机，就收到小小的回信。

曼允：

收到你的来信。

上次写信给你，我要你试着将你父亲的原配当成自己的妈妈，并不是要你忘了自己的母亲。就拿我自己来说吧，我除了亲生母亲之外也有干妈，我有两个妈，但我对她们的尊敬和爱是并存而不相冲突的。

再说，有的人有生母和养母，生母恩重如山、养母功大于天，所以对他们而言，生母与养母的恩泽是不会混淆的，还是一样可以爱她们、敬她们。

我知道你的心态，或许你认为，一旦像我所建议的认别人的母亲当妈妈，就会对不起养育你长大的母亲，然而事实上并不会，我相信你母亲在你心目中的地位是任何人无法取代的，你一辈子也忘不了，既然如此，就不要害怕再去接纳另一个母亲。再接纳另一个人成为你的母亲，并不会减少你母亲在你心中的分量，或是代表你不再爱她、思念她；相反的，诚心接纳父亲的原配后，你们之间的关系会变得更好，你一定也会从改善的关系中得到快乐与亲情的满足。这样不是很好吗？

好好想想我所说的话，好不好？

小小

读完信，曼允立刻回信给小小。

小小：

我懂你信上所说的话，你和家伟都劝我要接受父亲的原配，还有同父异母的哥哥姐姐。我有想到你们所说的话，也试着想这么做，但星期六那天，当爸爸和阿姨来叔叔家喝茶时，阿姨见了我居然臭着一张脸，而且还说出："有什么样的妈就有什么样的女儿。"这种话，不仅侮辱我死去的母亲，也侮辱了我！

面对这种事情，我既伤心又难过，我怎么可能再去接纳她，诚心地和她相处呢？

曼允寄出信后，就开始温书做功课。当她准备睡觉前又开了收件箱，看见这次小小也很快就回信。

曼允：

没错，你父亲的原配对你说的那句话确实很不应该，但我想，她会对你说出那句话全是因为你母亲的关系。在她的想法里，她认为是你母亲抢走她的丈夫，所以她讨厌你母亲，也一并讨厌你。事实上这是大人的事情，身为孩子的你是无辜的，她实在不该对你说出这样的话，更何况你母亲也已经过世了。

不过世界就是这样，每个人活着都有自己的立场，也以自己的立场为主，很少站在他人的立场和角度思考事情。

你父亲的原配也有她的立场、她的委屈，一旦了解之后，对她会有那样的态度也就不会感到奇怪了。

曼允，我并非责怪你母亲是第三者，事实上我说过，大人的感情世界本来就很复杂，不能以绝对的"对"或"错"去批判或衡量。我相信你母亲当年也没有想过要成为别人家庭的第三者，只是感情就这么发生，付出去之后再也收不回来。

我只是希望，你能多试着站在你父亲原配的角度去想事情，这样一来，就能因理解而谅解她的态度跟行为，一旦谅解她，你心里也会好过一点。看事情的角度有很多面，除了以自己的角度去看，也可以以他人的角度去看。

仔细想想，你父亲的原配对她的子女如何？对你父亲又如何？如果你思考过后的答案是肯定的，就足以证明她其实并不是一个不好相处或心肠不好、刁蛮的女人，她只是在宣泄由来已久的不满情绪而已。

晚安

小小

温暖的友谊 8

第9章 小允的改变

星期五，英铠和英嫚下课后就回家过周末，丁母忙着张罗三餐给他们吃，又替英铠洗了些他从宿舍带回来的脏衣服，还陪他们去买新的贴身衣物，这一忙，就积了些家务没做完。

等星期一，孩子们又回学校去，丁母便开始忙着打扫家里，她一会儿洗窗帘、一会儿晒被子，而且为了节省时间，还干脆边煮午餐，边烧水又边擦地板。然而，当地板擦到一半时电话响了、水也烧开了，她忙着关炉火又忙着要接电话，一个不小心就被水桶给绊倒了！湿滑的地板让她跌得很惨，这一跌竟摔伤了脊椎。

"哎哟，痛死我了！"丁母跌坐在地，痛得根本无法站起来。她试着扶住沙发，想借此站起身，但疼痛却让她无法使力，也丝毫无法动弹。

她就这么一个人坐在地板上，不知如何是好？坐了近二十分钟，她心想不能一直这么坐下去，因此设法打了通电话给丁父，告诉他自己受伤的事情。

丁父在电话中紧张得不得了："那你现在怎么样，都不能动吗？"

丁母虚弱无力地说："是啊，我已经坐在地上快二十分钟了。"

"真糟糕，英铠、英嫚回学校去，我现在又在跟厂商开会……不然这样吧，我先打电话请昭贤陪你去趟医院，我开完会就马上赶过去。"

"好吧，也只能这样了。"

晚上吃晚饭的时候，昭贤婶婶边吃边聊到今天陪丁母去医院看伤的事情。

"宛真伤得怎么样，严不严重啊？"亨华问。

"医生做了检查，说她伤到脊椎，得休息一个月，而且这段时间都不能做家务，才能完全复原。"

"啊，听起来还蛮严重的耶。"嘉谛说。

"是啊，是挺严重的。不过更糟糕的是，你大伯父要上班，英铠和英嫚又在外地念书，你大伯母根本就没人照顾，家务没人做、饭也没人煮，看来他们这阵子都得在外面吃了。"

"就算在外面吃，也要有人去买啊，大伯母受伤了，要怎么自己去买饭吃？"

"咦，也对哟。看来我干脆每天做好饭菜，让你爸送过去好了。"

亨华一听，睁大了眼睛："我怎么帮他们送饭过去？我自己也要上班啊。等我下班回来再送过去，宛真不是饿死了吗？"

"那不然我送去好了。"嘉谛说。

"你怎么送去呢？你不是也有家教课要上吗？"昭

贤说。

"对哟，那怎么办？"

曼允一句话也没有说，她静静听着叔叔、婶婶和堂姐的对话，心里却有别的打算。

正当丁父烦恼没人可以照顾丁母，也没人处理家务和做饭的事情时，曼允在隔天放学后，竟然直接回到丁家去。

丁母坐在轮椅上，见是曼允回来，有点愕然："你怎么会来这里？"

"我听婶婶说你受伤了，没人做家务也没人照顾，就回来了。"

"你的意思是，你要回来照顾我，顺便帮忙做家务？"

"对。"曼允放下书包，二话不说就到厨房打开冰箱，看看有什么菜可以做晚饭。

客厅的电话这时突然响了起来，曼允赶紧跑出来接电话。

"喂，你好。"

话筒彼端的丁父听见曼允的声音，有些惊讶："小允，怎么是你？"

"听婶婶说阿姨受伤了，没人煮饭、做家务，所以我就回来了。"

"这样啊，那太好了，老爸还在担心宛真没人照顾，还想托朋友带饭回去给她吃呢。"

"你别担心，一切交给我就可以了。"

小允的改变

9

"好好好，老爸代替宛真谢谢你。"

"不用客气，我只是单纯想帮爸爸的忙，你就好好专心工作吧。"

曼允挂上电话后，连忙到厨房里做饭，只留丁母一个人在客厅里。丁母对于曼允的"热心"并不领情，反而打电话给丁父，打算要他将曼允给"请走"。

电话响了几声后被接起："喂？"

"是我。"丁母刻意压低声音，不想让厨房里的曼允听见。

"什么事啊？小允不是在家吗？"

"你可不可以请你女儿立刻走人？"

"她好心回去帮忙，我怎么可能要她走呢？"

"帮忙？谁知道她安什么心啊？我知道她记恨我不让你和她妈在一起，还赶她去亨华家住，搞不好她想趁我受伤时，回来报复我呢！而且我也不相信她会做什么家务。"

"宛真，你现在受伤也算是落难，难道这时候还要以小人之心，度君子之腹吗？别人家的孩子我不知道，但小允是我女儿，我知道她不是那么小心眼的女孩，会乘人之危。总之你别胡思乱想了。"

丁母听了非常不高兴，低吼着："我以小人之心度君子之腹？好，到时我要是出什么差错，你后悔也来不及！"不待丁父回话，她喀喳一声就将话筒摔上。

厨房里渐渐飘来饭菜香，十足引人食欲大开，待在客厅里看电视的丁母，也被这股饭菜香惹得饥肠辘辘。

"这小丫头到底在煮什么？她真的会煮吗？"丁母撒撒嘴，"不过闻起来还真香，就不知道端出来的东西能不能吃？"

曼允将四菜一汤端上桌，又将盛好米饭的碗端出来，接着打了一小盆水到丁母面前，想让她洗手。

"阿姨，可以吃饭了，你要不要先洗个手？"

丁母杵着不动也不说话，曼允又说："阿姨，洗手吃饭了。"

"我吃不下。"丁母厉声回答。由于她平时对曼允并不好，此时却需要曼允来协助自己，对此难免有些懊恼，因而她故作矜持，端起架子来。

曼允将水盆端近丁母："这么晚了，怎么可能吃不下？阿姨你快点洗手，我们一起吃饭吧。"

丁母一烦，手一挥："我说吃不下——"她没控制好力道，竟不慎打翻曼允手上端着的水盆。

两人都有些愕然，丁母更觉得自己好像过分了一点，于是敛容不再多说。

曼允遭受这般对待，心里虽不舒坦，但她想，自己总不能碰到一点困难或委屈就拍拍屁股走人吧？这一走，岂不又要让爸爸分心操烦家里的事，而且还让阿姨逮着机会，说她"有什么样的妈就有什么样的女儿"，笑话妈妈没把她教好，丢妈妈的脸？

她不在意别人怎么看待她，却不容许自己的母亲受到半点屈辱或误解，于是她收起情绪，又去打了盆水来到丁母面前："洗手吃饭吧。"

丁母见曼允没生气，又去端来一盆水，她也不好意思再对曼允发脾气，所以就洗了手，然后被曼允推到餐桌前。

"这是我随便煮的家常菜，希望阿姨不嫌弃。"曼允将盛好饭的白瓷碗递到丁母面前，自己也拿了一碗，接着就坐下，动手夹菜、夹肉吃起来。

丁母见曼允吃得津津有味，在抱着"怀疑"的态度下，她也夹了块肉又夹了点菜试吃一口，没想到肉和菜的口感都很不错，可见火候及时间控制得刚刚好，而且咸淡适中，食材的搭配也很得宜，感觉并不像是刚学会做菜的人所煮出来的。这让丁母相当讶异，一个十六七岁的女孩子怎么可能这么会做菜呢？这种手艺简直和大人没两样。

曼允见丁母面露异状，问道："怎么了，我煮的菜不合阿姨胃口吗？"

"没有、没有。"丁母清了清喉咙，试图化解自己的尴尬，"这些菜都是谁教你做的？"

"我妈，她生前常教我做菜。"

"她很会做菜吗？"

"嗯，她是烹饪高手，外婆家要是请客的话，我妈能一手包办，煮出一大桌好菜招待客人。"

"那，你不觉得做菜很烦吗？"

"不会啊，我对烹饪很有兴趣，以前也在咖啡馆和餐馆打工过。"

丁母点点头，不再多说，径自吃着碗里的饭菜。

等丁母吃完饭，曼允便将剩菜先并盘，这样等丁父下班回来，直接热了就能吃。接着，曼允又洗好碗筷，还说要切点水果给丁母吃。丁母不置可否，却在一旁看曼允做家务，瞧她洗碗筷、收拾东西和切水果都十分利落，尤其那盘水果的籽剔得干干净净、果皮完全削掉、刀法又快又熟练，果肉也切得很漂亮，这让丁母心中再度讶异得不得了。

丁母不禁心想，只要一叫自己的儿子、女儿做家务，他们就哇哇大叫、心不甘情不愿，就算勉强帮个忙也是搞得厨房乱七八糟、一塌糊涂，水滴得满地都是，可是曼允却和自己的儿子女儿不一样，这简直让她太难以置信了。

曼允收拾好厨房后，到浴室将换洗的衣服丢入洗衣机里洗，趁着洗衣服的时间，倒好家里所有房间的垃圾，还将客厅、饭厅的桌椅全擦过一遍。等丁母发现垃圾已经拿出去倒，想到还有衣服还没洗，自己推着轮椅到后阳台时，却看见已经洗好的衣服正一件件被曼允整齐地晾在竹竿上，而且那衣服明显是甩平后再晾上去的，不像自己儿子晾衣服时，总是一整件皱巴巴的像咸菜一样，随便就挂上去。

"你动作怎么这么快啊？"丁母讶异地说。

小允的改变

9

chapter

"洗衣机在洗衣服的时候，我就趁着空当做其他事情，这样比较不会浪费时间。"

"那你衣服怎么洗的，有没有分类？"

"白色易染的衣服我有特别分开来洗，内衣裤和袜子也有分开。"

丁母闻言又是一惊，没想到这小丫头做起家务，居然比自己的女儿还要迅速熟练，懂得也多，看来她之前是太小看曼允了。

晚上九点，丁父下班回到家时，丁母正在客厅看电视。

"咦，小允呢？"丁父拎着公文包，一进门就问起女儿。

"家务做完，她就上楼去做功课了。"丁母说着，又想起桌上的饭菜，"你女儿有帮你留饭菜，在餐桌上，你要不要吃？我帮你热一热。"

"啊，不用，你行动不便，我自己来就好。"丁父走到饭厅，把桌上的一盘剩菜和一碗白饭放进微波炉，微波好后再将饭菜端到客厅，津津有味地吃着女儿煮的饭菜："这饭菜是小允煮的吗？"

"是啊。"

"很好吃啊，饭很好，菜的味道也很好。没想到第一次吃女儿煮的饭菜居然这么享受，没有被吓到，哈哈。"

"是是是，你女儿最棒了！"丁母有点言不由衷，语气酸溜溜的，但她也不得不承认，曼允煮的饭菜确实是"超水平"。

"能被你说'最棒'那肯定很棒，你吃过她煮的饭菜，怎么样？手艺通过了吧？"

她不说话，算是默认。

"那衣服呢，洗好了吗？"

"洗好晾在后阳台了。"

"你看，小允把家务做得这么好，之前你还在电话中要我请走她，还说什么'要是出什么差错，你后悔也来不及'的话，小允要是听见了会有多难过啊？"

"你说够了没？饭菜要凉了，你快吃你的饭吧！"丁母白了他一眼，不再多说。

老婆不再要他"请走"曼允，可以想见是曼允做家务的表现让她没话说。丁父偷偷笑了笑，继续开心地吃夜宵，他希望这次老婆受伤，曼允回来帮忙是个契机，成为两人关系扭转的好的开始。

星期天，丁父放假在家休息，于是丁母要他带自己去超市买菜。丁父一听到要陪老婆上超市，立刻叫苦连天。

"好不容易休个假，还要带你去超市买菜？可不可以让我休息休息？"

"不是我不让你休息，是冰箱里已经没食物，再不买的话，就没东西可以吃啦！"

"你现在行动不便，出门多麻烦？要抱你上下车，还要带轮椅啊。"

"不然怎么办，难道不吃吗？"

曼允听见丁父和丁母的对话，主动上前道："我去买菜好了，既然爸爸放假，就好好在家休息吧。"

"你要去买？你会买吗？"丁母问。

"我以前常和妈妈上超市或市场买菜，知道要怎么挑选食物，没问题的。"

"要不要找人陪你去呀？"丁父问。

"不用，只要给我一个有轮子的大菜篮就可以了。"曼允转头对丁母说，"阿姨想买什么菜，可以开张单子给我。"

丁母点头，拿起纸笔写下一星期所需的食物和分量，交给曼允。

于是，曼允拖着菜篮出门，搭上公交车来到大卖场，到生鲜及蔬果部买好丁母交代要买的鱼、肉、蔬果等食物，又到杂货区买了面条、面粉与酱油，结完账后，她拖着满满一菜篮的东西回家去。

回到丁家后，曼允先将食物分类，然后一一放进冰箱的冷藏室或冷冻室，还将蔬果类的食物先用报纸包好，再放进最底层的抽屉里，好延长保存期限。丁母在一旁看曼允做这些事，愈看愈觉得不可思议，心想这小女孩根本就是个小大人！

"你别做了，剩下的我来就可以了。"丁母对曼允说。

"没关系，事情既然做了就要做好，哪有让人收尾的道理？而且坐在轮椅上做家务也不方便。"

“你？”丁母有些支吾。

“阿姨想说什么？”

“你以前是不是常做家务？”

“是啊。”

“一般年轻人都不喜欢做家务，放假就只晓得出去玩，你好像跟其他人不一样，你不觉得做家务很麻烦又很浪费时间吗？”

“不会啊，把家里打理好，心情才会好。以前我妈还在世的时候，她因为不想向爸爸拿钱增加他的困扰，所以拼命工作赚钱，于是我就帮忙分担一些家务。”

“你要念书，还要做家务？”

“是啊，念书虽然很辛苦，可是妈妈工作更辛苦。我只要一想到自己可以多替妈妈分担家务就很高兴，觉得自己很有价值。”

“不会耽误到念书、做功课的时间吗？”

“不会啊，我只要少出去玩、少看点电视、少跟同学聊天，把那些时间加起来，就够我念书了。”

“你没有什么休闲娱乐，不觉得青春就这么浪费掉很可惜吗？”

“不会！我妈已经很辛苦了，我唯一可以让她高兴的方式，就是把学校的功课念好。我还年轻，想玩的话等考上大学，甚至毕业后赚了钱再玩也不迟啊。”

丁母听了，忍不住在心里赞叹，没想到贺祈芳生前居然把女儿教导得这么好！在单亲家庭环境下成长的曼允不仅没有愤世嫉俗和叛逆，反而这么独立、早熟又贴心懂事。

反观自己的一双儿女，虽比曼允长了几岁，却没有曼允成熟乖巧，也难怪贺祈芳死后，丈夫说什么都要把曼允带回来。她虽然很怨恨丈夫被贺祈芳抢去，但明显在教育孩子这方面她输了，而且输得心服口服。

在一旁偷偷望着丁母与曼允交谈的丁父，露出欣喜的笑容。他欣慰女儿的懂事，也高兴两人终于有了沟通与了解彼此的新开始，希望这个开始不会太迟，也不会一下子就消失。他盼望一家人最后还是能和乐相处，为此他在心中默默祈祷着，一切能渐入佳境。

晚上做完功课、温完书后，曼允特别上网搜寻一些数据，还特地打印出来。她下楼来到客厅，见丁父丁母还在看电视节目，就将手里的资料递给丁父。

"爸，这些数据给你们做参考。"

"这是什么啊？"丁父接过女儿手中的资料，纳闷问道。

"骨骼保养。你们都快五十岁，要注意身体保养，尤其阿姨是女性，过了中年钙质会更容易流失，要多注意钙质的摄取，才不会一跌倒就伤得那么重。"

丁父笑呵呵道："曼允，你还真有心，谢谢你啊！"

"没什么，只是上网搜寻数据，举手之劳而已。"

丁父将一叠资料递给丁母："你也看看吧，多注意一下我们的饮食。"

丁母点头，同时发现，心里排斥曼允的坚硬处似乎软化了。曼允回来住了一个多星期，她慢慢发现，曼允并非自己想象中那种缺乏教养、态度恶劣的坏女孩。看来，是她之前的偏见误解了这个善良的好孩子。

从曼允回丁家帮忙那天开始，一转眼已经过了三个星期。

这天的午餐时间，曼允一个人在位置上吃午饭，家伟走了过来，在她面前坐下。

"还在吃饭啊。"

"嗯。"她微颔首，"你吃饱啦？"

"是啊。"他忽然想到什么，好奇地问曼允，"咦，最近为什么都很少看到你上线？你 MSN 都不开吗？"

"最近我比较没空，所以都没上网。"

"你在忙什么啊？"

"我回我爸家住，最近都在忙着做家务。"

"做家务？你回去当女佣啊？"

"不是，是阿姨受伤了，我回去帮忙做一些家务、煮三餐，顺便照顾她。"

家伟简直不敢相信。

"你和你阿姨的关系变好了？真的假的？"

"也不是关系变好，一开始回去帮忙，只是不想让爸爸既要忙公事又要烦恼家里的事，所以我才回去的。刚回去那几天，阿姨本来一直都没给我好脸色看，可是我忍了下来，做我该做的事。大约过了一个星期，阿姨原本尖锐的态度才慢慢收敛、变友善，然后就一直到现在。情况大致上就是这样。"

"曼允，你做得很好！这次你真的做到'诚心'相处了。一旦迈出第一步，我相信你和你阿姨之间的关系一定会慢慢改善的。其实你是一个很棒的人，也有很多优点，我相信你阿姨一定会愈来愈喜欢你！"

"我哪有很多优点，是因为你是我同学，才这么说吧？"

"才不是呢，你都不知道自己有很多优点吗？像是很会画画啦、很会写东西，参加学校作文比赛都得名次，功课很好也很会做家务，还有，还有……"

"还有什么？"

他偷偷地看了她一眼，小声地说："还有，你长得很秀气，很漂亮。"

被家伟这么一说，曼允整张脸霎时红通通的。为了改变这种令人尴尬的气氛，她佯装镇定，回到原来的话题："我不奢求阿姨会喜欢我，只要大家能和平相处、客客气气的就好。"

"总之，你继续加油，我相信你们一家人一定能和乐相处的！"

"嗯。"她笑了笑，内心原本的愤恨，逐渐转为柔和。

"哦，对了，有件事要告诉你。"家伟突然想起一件事。

"什么事？"

"这个星期六，班上同学要去烤肉，你也一起来，好不好？"

曼允想了想，有些迟疑地说："我去好吗？平常我和同学没什么往来，也很少说话，突然参加这种班上的活动，不是很奇怪吗？"

"不会啊，有我在，你怕什么？如果一开始你觉得不自在，我会帮你化解尴尬的。现在你和家里的关系正在慢慢好转，和同学的关系当然也要开始改善、拉近距离啊！"

"我？我还是觉得有点怪。这样吧，给我两天时间想想，好不好？"

"好吧。总之，我很鼓励你参加团体活动，这么做不是为了玩，是为了拓展自己的人际关系。"

"嗯，我知道，谢谢你。"曼允轻轻点头。

放学回家后，曼允先做好晚餐和隔天要吃的早、午餐，又将积了两三天没洗的衣服洗好、晾好，接着才回房做功课。晚上九点丁父下班回到家时，她下楼边替父亲热夜宵，边聊着学校里的事。

"爸，你觉得我应该参加班上的烤肉活动吗？"她边把饭菜端到客厅边问。

"去啊，为什么不去？"

"可是我和同学们都不熟。"她还是有些犹豫。

"不熟有什么关系？很多人都是从不熟变熟的，有的甚至还变成很要好的朋友呢。小允，人不可能一直孤独地生活，你也要有属于你自己的朋友。想交到好朋友的话，参与团体活动是个好的开始。"

"可是，如果我去参加烤肉，爸爸又要忙公司的事，没人在家陪阿姨怎么办？"

丁母的视线从电视机转到曼允身上："你跟同学去玩吧，就一天而已，不会怎么样的。我现在的伤好多了，而且有轮椅，没关系。"

"是啊，你就和同学去玩吧。你不是从初中开始，就很少跟同学一起出去玩吗？你就放心去吧，星期六老爸和厂商开完会就能回家陪你阿姨，你别担心。"

曼允看向丁母，丁母朝她点头。

"好，那我就和同学一起去烤肉啦，我会早点回来的。"

时间终于来到星期六。由于曼允之前一直和同学颇为生疏，为了展现融入大家的诚意，她在前一晚特地卤了锅卤味，准备带去分给同学们吃。

一大早，同学们在校门口集合完毕后，就一起搭乘公交车前往目的地。到达营地之后，所有同学按照规划好的组别分组，大伙七手八脚地将烤肉用品和食材拿出来，接着点燃火种起火、架烤肉架，开始煮东西或是烤肉。

曼允和家伟被分到同一组，他们负责煮汤。

"曼允，煮东西就要靠你了，我的手艺不好，只能帮忙递调羹或调味料什么的。"

她笑了笑："别担心，我常做饭，煮东西的事交给我就好。"

她烧了锅水，水煮沸后再放进切成丁的马铃薯及培根，又放入玉米粒和奶油，开始煮起拿手的玉米浓汤。其他的同学则负责烤肉、烤秋刀鱼、烤串烧等等，由于刷上了烤肉酱，一时香味扑鼻，引人食欲大动，有的同学甚至还边烤边偷吃。

没多久，曼允的玉米浓汤大功告成。一旁有同学喊道："哇，好香哟，什么汤这么香啊？"

家伟趁势对同组的同学们说："是曼允煮的玉米浓汤，有谁想喝啊？想喝的人可以先喝哟。"

"我！""我！""我！"同学们一个个争先恐后地嚷着。

家伟拿来免洗碗，一碗一碗地盛给同学。"大家边喝汤边烤肉，等一下曼允还要做竹筒饭，而且她昨天晚上还特地卤了一锅卤味要请大家吃哟。"

"哇，真的啊？"

一个同学喝了曼允煮的浓汤后，心满意足地对她说："曼允，没想到你手艺这么好，煮的浓汤比麦当劳卖的还好喝呢！"

另一位同学也附和道："对啊，你煮的汤又香又好喝，很棒呀！"

被同学们称赞的曼允，忍不住脸红起来："谢谢大家不嫌弃，如果喜欢的话就多喝一点，不够我等等再煮。"

家伟见同学们都喜欢曼允煮的东西，为了拉近她和同学间的距离，便赶紧推荐曼允其他的手艺。

"曼允做的卤味更香，来来来，大家赶快来吃。"

家伟话刚说完，同学们便争先恐后地用叉子叉起卤味，一口一口地吃起来，大家全都吃得津津有味，还不时夸赞曼允实在了得。

这次的烤肉活动果然迅速拉近了曼允和同学间的距离，变得较之前活跃、熟悉，更让曼允充分享受到与人交流、互助的乐趣。

活动结束后，在返回市区的公交车上，曼允心满意足地看着已经睡着的家伟，感激之情溢满胸口。

第10章 相亲相爱一家人

　　转眼又过了一星期，英铠和英嫚约好星期天要一同回家，探视受伤的母亲。这阵子学校的考试、社团和一些活动让他们分身乏术，以至于母亲受伤至今，他们都还没回家探视过她。

　　晚上兄妹俩回到家，一走进屋子就闻到从厨房窜出的香味，但母亲却在客厅里看电视。

　　"妈，我跟哥回来了。"

　　"哎，你们回来啦。"丁母见儿子、女儿终于回家，心里很高兴。

　　"谁在厨房里煮东西啊？好香哦。"英铠问道。

　　"不可能是爸爸吧？"英嫚说。

　　"当然不是，是曼允。"丁母说。

　　"啊，是丁曼允？"英铠、英嫚兄妹俩都感到不可思议。

　　"我受伤这段时间，都是曼允负责煮三餐、洗衣服还有做家务。"

　　"是哟，她什么时候变得这么热心、这么贤惠？"英铠的口气里充满不屑。

　　丁母却呵斥他："不要用这种口气说话，尤其不要在曼允面前这么说！"

英嫚见母亲对曼允的态度明显转变，有些讶异："妈，你是摔伤脊椎还是摔坏脑袋？丁曼允是爸和外面的女人生的野孩子呀，你干吗突然对她这么好，还'曼允、曼允'地叫得这么亲？"

"不要再提以前的事情了。"丁母板起脸来，"曼允她妈已经过世，以后不许你们再说什么爸爸外面生的野孩子！听见没？"

"哦。"英铠跟英嫚不敢再多说，只应了一声，但心里都对母亲的转变感到好奇与不解。

自从烤完肉回来那天起，曼允的心情就特别好，这一好就延续了一个星期，直到今天都已是星期天，她的好心情还是分毫未减。她将烧好的菜端出来，见英铠和英嫚已经回来了，便说道："哥哥、姐姐回来啦？可以吃饭啦，阿姨跟我说了一些你们爱吃的菜，今天煮的都是你们喜欢吃的哟。"

"丁曼允叫我们哥哥、姐姐，这是怎么回事？"英嫚惊讶得不知该做何反应才好。

吃晚饭的时候，一家五口围坐饭桌前，边吃饭边聊天。英铠和英嫚吃着曼允做的菜，虽然没说什么，但心里都对她的好手艺感到不可思议。

"小允的手艺不错吧？她很厉害哟！"丁父笑着说。

"嗯，是很棒。"英铠回答。

英嫚没有说话，只是点头，她心想，大概是丁曼允的好手艺收服了妈妈的心。

"这阵子，多亏小允回家帮忙做家务又照顾你妈，要不然你们都在外地念书，爸又要上班，根本就没人照顾你妈妈。"丁父特别在英铠、英嫚面前，把功劳、苦劳全往曼允身上挂。

"爸，别这么说，我住在叔叔家，离你们比较近，而且刚好帮得上忙。"

"你帮的可是大忙，没你帮忙的话，你爸就要蜡烛两头烧了。"丁母有点不好意思，笑笑说。

"是啊。"丁父笑着继续对儿子、女儿说道，"医生说，你妈妈的伤要休息一个月，期间还不能做家务，这一个月要是没有小允，家里都要变成狗窝、猪圈了。"

"算一算，我也休息快一个月，伤也好得差不多了。"丁母说。

"阿姨的伤要是好了，我会回叔叔那去的。"

丁母闻言有些愕然："曼允，我的意思不是在赶你。"

"我知道，不过我本来就打算帮忙到阿姨康复，之后就要回叔叔家去。在回叔叔家之前，我想先向阿姨道个谢。"

"谢我什么？"

"谢谢阿姨当年愿意让我姓丁，让我可以跟着爸爸姓。因为姓丁，我才有机会住进这个家，虽然住进来的时间不长，但我总算有机会可以过一次正常的家庭生活，一个有父母、哥哥、姐姐的家，而且才有机会可以像现在这样，煮菜给全家人吃。"

曼允这话一出，一家人都静默不语，尤其英铠、英嫚的心里特别不好受，他们为先前的不友善而感到有些难为情。

"阿姨。"曼允真诚地看着丁母，"还有一件事我想跟你说。"

"什么事？你说吧。"

"当年我妈并非存心破坏你和爸的家庭，我妈是个好人，就算她已经过世，我还是要替她澄清这一点。如果说我的出生跟存在，曾经让你觉得很受伤，我愿意代替妈妈跟你说声对不起，希望你能谅解她。为了能够还你一个幸福的家，妈妈生前已经做出最大的努力，除了每个月让我跟爸爸见一面之外，她没有再和爸爸有任何瓜葛。"

曼允说完，丁母的眼泪霎时忍不住流下来。即便心里埋怨多年，但这么一句贴心话，也已将她内心最坚不可摧的那座愤恨堡垒铲平了。

连丁父听后眼眶也热了、湿了。看见女儿这么懂事，更让他不舍与自责。

曼允又说道："这阵子阿姨受伤，我能够替爸爸分忧照顾阿姨，在家里煮饭给你们吃就已经很高兴了。谢谢你这阵子让我住在这里，明天上完课后，我会直接回叔叔那，之后如果阿姨允许，放假时我再过来看你和爸爸。"

"好了，吃饭吧吃饭吧。"丁母赶紧拭去泪水，不善言辞的她不知该说些什么才好，也不好意思让曼允看出她心里的感动，只能说道："以前的事就别提了，我都忘了、都忘了。"

吃完饭，曼允将碗盘洗净、厨房收拾好，就回房念书去；英铠和英嫚则在房里跟丁母说话，他们都对母亲的转变感到相当讶异。

"妈，看样子你不再讨厌丁曼允，你接受她了，是不是？"英铠问。

"讨厌什么，她是你爸的女儿，是你们的妹妹呢。"

"可是之前,妈都说她是爸跟外面女人生的野孩子。"

"之前是我不了解她和她妈妈才会那样说，但是这阵子她的表现让我很意外，你们兄妹俩啊，搞不好都没她成熟、独立和懂事呢。"

"妈，你怎么这么说？"英嫚的口气有些埋怨。

"我说的是事实啊，你们看，她一个十几岁的女孩子，居然把每样家务都做得这么好，同时还能照顾我，你们是她的哥哥姐姐，可是做家务的能力却还输她呢。而且你们也听到她今天说的那番话，我都四十多、快五十岁的人了，要我说出那番话我还不见得说得出口，你们说，我怎么可能继续讨厌她呢？"

英铠和英嫚顿时无话可说。

"我跟你们说，你们以后一定要把曼允当成妹妹一样对待，不要再丁曼允、丁曼允的叫了。她妈妈就算跟你们的爸爸有什么，也是过去的事，和曼允无关，就让过去的事情留在过去，听到了吗？"

"哦，听到了。"英铠、英嫚兄妹俩心不甘情不愿地回答，毕竟这种转变一时让人无法适应，更何况要他们接受。听母亲叨念那么多年，他们对曼允的印象早已先入为主，看来要发现她的好，还需要再多一点时间。

曼允做完功课后，打开计算机，写了封信给小小。

小小，收信平安。

好久没跟你通信，不知道你最近过得好不好？

因为阿姨受伤，为了减轻爸的负担，所以我搬回爸爸家帮忙，顺便照顾阿姨。我搬回家住了一个月，阿姨的伤在充分休养下好了很多，明天我就要搬回叔叔家了。

原本我心里对阿姨一直存有很多负面的情绪，很不喜欢她，不过我记得你上一封信里提到一句很有意义的话，你说"看事情的角度有很多面，除了以自己的角度去看，也可以以他人的角度去看"。

我反复思索你说的话，试着以阿姨的角度来看待我和妈妈的存在所带给她的冲击，渐渐的，我能够明白她的心情，了解她的想法与感受，所以开始学习谅解她之前对我的排斥与不友善。当我学会谅解时，心里的大石头骤然落下，我忽然觉得，自己的心变得很轻松。

写这封信是想向你道谢，谢谢你提醒我这个世界并不是以我为中心，每个人看事情的角度截然不同，解决事情也不是只有一种做法。虽然我不知道你是谁，但很谢谢你指引我，我很庆幸在母亲过世之后，还能有你这样的好朋友。

曼允

昨晚写完信后，曼允已先将房间稍做整理，今天一早要去上学前，她便顺手把床单和被单换下来，放进洗衣机里浸泡。等到要下楼吃早餐时，她先到丁父丁母房门口敲门。

"请进。"丁父回应。

她打开房门，对父亲说道："爸，你准备上班了吗？"

"是啊。你还没下楼吃早餐啊？今天你阿姨开始做早餐了呢。"

"吃早餐之前，可不可以请爸先到我房里，我有话想跟爸说。"

"哦，好啊好啊。"

父女俩一起来到曼允的房间，曼允将书桌上的盒子递到父亲面前。"这是妈留给我的。"

"是什么啊？"丁父好奇地打开盒子一看。"桃园到台北的火车票根！"

"对，这是以前我跟妈坐火车，从桃园到台北见爸的时候留下的票根。妈很珍惜每次和爸的见面，所以把所有票根都留下来。除了票根，还有一些我和妈合影的照片。"

丁父见到这些票根，内心受到十足的震撼与冲击："没想到你妈竟然把这些票根都保存得这么好。"

曼允点点头，接着说："虽然妈妈介入你和阿姨之间，让你们的家差点就毁了，不过她对你的爱是真挚的，连我看了都很感动。这是妈妈爱惜的票根，我把这些票根还有我和妈妈的照片留给爸爸，希望爸能永远收藏，不要忘记妈妈曾经对你付出的一切。"

"小允，爸很抱歉，是我辜负你们母女俩。"

"不要再自责了，爸，我相信你是爱妈妈的，你一定也没想过要伤害阿姨和妈妈，妈妈也从没想过要介入你们的家庭，只是事情就这么发生了。每个人在世上，总会有一两件事情是不小心做错的、有所遗憾的，或是心口永远的痛——从妈妈生病直到她过世，我经历了许多事情，所以渐渐明白这个道理。"

丁父点头，眼里闪着泪光："你长大了，比爸心里想的还要更圆融、更体贴、更懂事。"

"人不就是要经过这些事情，才会成长吗？"

"小允……"丁父动容地揽她入怀。"你真的让爸好骄傲，又好心疼。"

曼允偎在父亲怀里，流下感动又心慰的眼泪。稍后，她整理一下情绪，对父亲继续说道："今天下课后，我就直接回叔叔家去，我想先跟爸说一声。"

"你不继续住在这里吗？我想宛真应该不会反对。"

"不了，爸，我还是回叔叔家去，我想妈妈要是还在的话，也会赞成我这么做的。你和阿姨还有哥哥、姐姐才是完整的一个家，只要你们愿意让我偶尔回来跟你们一起吃顿饭就够了。反正叔叔家离这不远，我随时可以回来，你想我的时候也可以过去看我啊。"

丁父点头，不再多说。

稍后，父女俩就一起下楼，用过丁母做的早餐。

今天曼允就要回亨华家，为了把握父女俩相处的时光，丁父决定绕路送曼允去上课。临出门前，曼允对丁母说："阿姨，我跟爸出门啦！今天晚上我就直接回叔叔家去。"

"你真的要回去啦，不多住几天？"

"不了，阿姨伤好，我就该'功成身退'啦。"

"我想，你是不是……"丁母似乎有话想说，不过话到嘴边却又说不出口。

"怎么了？"

"没、没事。那你放假的时候常来。"

"好，阿姨再见。"

"宛真，我们走啦。"

丁母送丁父和曼允父女俩出门。虽然有留曼允住下来的念头，但她不知该如何开口才好，毕竟当初是自己一味拒绝她住进丁家，现在却又想留住她。思来想去，她实在不晓得该以什么理由留下曼允才能让彼此都自在，所以一直拿不定主意，也拉不下脸来。

一整天，这件事情就在丁母的心头挥之不去，让她坐立难安。

下午五点钟，亨华家的门铃忽然响了，昭贤开门一看，居然是丁父和丁母。

"咦，是你们？怎么有时间过来呢？"

"今天我没应酬也不用开会，所以就带宛真过来了。"
丁父说。

"这样啊，那快进来吧。"昭贤招呼他们夫妻俩进
门，接着端出茶点和果汁。"先吃点东西垫垫肚子，今
天晚上就留在这吃晚饭吧。"

"这怎么好意思？要来也没先通知你，你要做饭、
煮菜的话也来不及了。"丁母说。

"不会不会，菜我才刚洗好，你们来，我就再多洗
一些，而且我洗好了四杯米，现在正在煮，应该够大家
吃。"昭贤坐下，好奇问道："今天怎么突然想来？"

丁父笑了笑："小允说，今天放学后就要直接回到
这里。"

"是吗？她还没跟我说呢。"昭贤看了看丁父，"怎
么，今天都还没过完，你就开始想你女儿啦？"

"不是想她，是要来带她回去的。"

"咦，带她回去？什么意思啊？"

傍晚快七点，亨华、昭贤夫妇，以及丁父、丁母和
嘉谛正在饭厅里吃晚饭，才刚到家门的曼允一进屋里就
大声喊道："叔叔、婶婶，我回来了！"

等她走到饭厅，却见丁父、丁母也在："爸、阿姨，
你们怎么也来了？"

丁父笑了笑说："先吃饭，吃完了我们再说。"

吃过晚饭，一行人来到客厅看电视，丁父趁机对曼允说道："小允，今天你就跟我们回家，不用再待在叔叔婶婶家了。"

"为什么？"

丁父看了看丁母，丁母有点不好意思，但还是开口说话："曼允，我跟你爸商量过，我希望你能回去跟我们住，以后大家一起过生活。"

曼允闻言有些讶异，没想到丁母居然希望她回丁家去，这简直太不可思议了。

丁母继续说道："以前我只知道一味恨你妈，不管你好不好，也一并把你恨进去。但是在我受伤，你回来家里帮忙的那段时间里，我看见你的细心和优点，还有你的表现与转变，这才明白以前全是我的偏见。我想了很久，也跟你爸商量过，我们都希望你能回到家里住，我愿意代替你死去的妈妈照顾你，如果你不记恨我的话，那，就跟我们一起回家吧。"

"是啊。"丁父慈祥地看着她，"小允，你阿姨说的都是真的，你就跟我们一起回家吧，好不好？"

曼允听完丁父、丁母说的话，怔愣了好久好久，直到亨华喊了声"小允"，她才回过神来。

"怎么样，要不要跟你爸回去？"亨华问。

曼允却呜咽地哭出来，她这一哭，简直吓坏所有人。

"小允，怎么哭了呢？你不愿意吗？"嘉谛问。

曼允抬起泪汪汪的大眼睛看着堂姐，猛摇头："不，我只是太高兴，太不敢相信了！"

曼允话一出，所有人总算放下心来。

丁父拉着女儿："你跟你妈过那么多年苦日子，现在就让我们好好照顾你吧。"

"爸，我真的可以跟你一起住吗？这是真的吗？"

"当然是真的。"

丁母也走向曼允："对不起！曼允，以前因为我的恨与偏见，让你们父女俩被拆散，现在你真的可以跟你爸一起住了，你放心，我不会再反对了！"

曼允擦干泪水，拉住丁母的手："阿姨，谢谢你，真的很谢谢你！妈妈在天上，要是知道你愿意让我和爸爸一起住，她一定也会很高兴、很感谢你！"

丁母的眼眶红了，这一刻，她看到一个渴望父爱的孩子遂了心愿、开心的模样。她下定决心，一定要好好弥补自己这些年来的过错，悉心照顾曼允，给她一个真正、温暖的家。

自从曼允回丁家和丁父、丁母一起生活后，人也愈来愈开朗，不但和英铠、英嫚的关系与交往，随着对彼此的了解而有所改善，就连和同学的关系也愈来愈密切。

某个星期六，嘉谛特别约曼允一起去看电影、逛街，顺便吃饭。她们堂姐妹俩先去华纳威秀欣赏由梁朝伟、金城武及林志玲主演的电影《赤壁》，接着又去逛街买衣服，还去吃摩斯汉堡。

"小允，待会儿还有没有想去的地方？"

"我们都看了电影，又逛街买了衣服，还要再去哪里逛吗？以前我从没有在外面玩上一整天呢。"

"就是知道你以前都只顾着念书和做家务，所以我才特地带你出来好好玩的。"

曼允做出苦恼状，说到"玩"这件事，她还真没办法，也没能耐。"有什么地方好玩呢？"她用手支着下巴，"我再想想好了。"

"哦，对了！"嘉谛从包包里拿出一个牛皮纸袋，交给曼允。"喏，这给你。"

"这是什么？"曼允接过来，"可以打开吗？"

"可以啊。"

曼允打开纸袋，发现里头是一叠 A4 纸张，她抽出纸，看见上面印着电邮信件的内容，仔细一看，寄件者是"小小"，收件者正是"曼允"！

曼允恍然大悟，大叫着："原来，姐就是'小小'？"

嘉谛点头："我是小小没错，不过严格说起来，'小小'应该有四个人。"

"啊，有四个人？什么意思？"

"除了我以外，还有我爸、我妈和我男朋友，也就是泽斌，你还记得吧？"

"泽斌大哥我记得。"曼允的眼珠子转了一下，仍想不出个所以然来。"姐，快告诉我这到底是怎么一回事？"

于是嘉谛娓娓道来："还记得你刚搬到我们家的情景吧？那时你妈才刚过世不久，我为了想表现姐姐照顾妹妹的风范，所以一直很想找你聊天、开导你，可是你总是拒绝我。"

"对不起，那时我真的不想跟任何人说话。"

"我知道，你妈刚走，你心里很不好过。"

"是啊，不只不好过，还很不能适应，很不习惯。"

"就是知道你的心情，所以我和我爸妈才想帮助你走出丧母之痛，同时也希望你不要恨你爸。我们很想跟你聊聊、安慰你，但跟你不熟，也不认识你妈，如果贸然和你聊这些事情，一定会被你拒绝，因为你会认为我们根本就不了解你和你妈之间的感情，也一定都是站在你爸与宛真大伯母的立场上替他们说话。幸好泽斌想了个办法，他认为你既会画画又会写作，就以绘画或书信的方式来跟你沟通好了。若单纯以'图像'或'文字'来沟通，而没有所谓'人的立场'，你可能会比较能够接受。"

"那后来呢？"

"因为我和泽斌都不会画画，当然只好用'文字'来和你沟通啦。决定方式后，我就向你爸要来你的电邮信箱；接着，不管是一开始写信给你，或是要回信给你时，都是和我爸妈还有泽斌商量过回信的内容，才下笔写给你。"

"原来是这样，难怪你在信里和我说，我身边有很多关心我的人。"

"是啊，有我、泽斌、我爸、我妈、大伯父、还有

相亲相爱一家人

10
chapter

你的同学童家伟啊。"嘉谛笑眯眯地说，"对了，你写给我的信，我都有转寄给大伯父看哦。"

"啊，你寄给爸爸看？连那封我说恨爸爸的信，你也转寄给他看吗？"

"是啊。"

曼允像泄了气的皮球般瘫软下来："爸心里一定很难过。"

"难过是一定会的，但他不怪你。希望你别介意，我一定要把我们通信的内容转寄给他看，让他知道你的想法，因为，他比我们任何一个人都还要关心你、爱你，他对你的爱绝对不会比你妈少。这些年来，只因为他要顾及家庭，所以给你的父爱一直给得很残缺。人活着都有很多无奈，你一定要谅解他的难处，知道吗？"

"我知道，我都知道。"曼允掉下眼泪。

嘉谛拿出纸巾，为她拭泪："好了，从现在开始不可以再哭了哦，你妈妈在天上看你呢，她要你开开心心、快快乐乐地跟你爸一起生活。"

曼允点头，对嘉谛绽放出美丽的微笑："嗯，为了妈妈，我一定要幸福，也一定会幸福的！"

"怎么样，搬回家和爸爸还有阿姨住还习惯吧？现在和他们相处，应该比之前好很多才对吧？"家伟关心地问曼允。

曼允点头："是啊，好多了！阿姨对我很好，哥哥和姐姐也对我不错，大家都慢慢熟了起来。"

"我就知道你一定可以的。"

她笑了笑："除了堂姐和叔叔、婶婶，我最感谢的人就是你，要不是你的倾听及开导，说不定到现在，我还在钻牛角尖呢。"

"别这么说啦，我们是同学，本来就应该互相关心和帮助啊。而且，除了希望你能走出伤痛外，其实我还有一个私心。"家伟故意说得很神秘。

"私心，什么私心啊？"

"因为，你笑起来很美，我，我很喜欢看见你笑哦！自从那次生物课分组报告找组员时，第一次看到你微笑，我就一直记得你笑的样子。只要你快乐，一定会展露笑颜；只要你一笑，我就能看见你最美丽的样子！"

曼允听见他的话，不禁害羞地低下头来。她知道家伟的意思，所以心里开出一朵又一朵愉悦的花儿来。

她的十七岁青春，正要飞扬！

相亲相爱一家人

10